国家出版基金项目

浙江师范大学非洲研究文库
非洲人文经典译丛
总主编 洪　明 刘鸿武
副总主编 胡美馨 汪　琳

活着，恋爱，夜不能寐

Living, Loving and Lying Awake at Night

Sindiwe Magona
[南非] 辛迪薇·马戈那 著
楼育萍 译

浙江工商大学出版社 | 杭州
ZHEJIANG GONGSHANG UNIVERSITY PRESS

图字:11-2018-292号

图书在版编目(CIP)数据

活着,恋爱,夜不能寐 / (南非)辛迪薇·马戈那著;楼育萍译. —杭州:浙江工商大学出版社, 2019.3

(非洲人文经典译丛 / 洪明,刘鸿武主编)

书名原文:*Living,Loving and Lying Awake at Night*

ISBN 978-7-5178-2976-8

Ⅰ. ①活… Ⅱ. ①辛… ②楼… Ⅲ. ①故事—作品集—南非共和国—现代 Ⅳ. ①I478.4

中国版本图书馆 CIP 数据核字(2018)第227416号

活着,恋爱,夜不能寐

HUOZHE LIANAI YEBUNENGMEI

[南非]辛迪薇·马戈那 著

楼育萍 译

出 品 人	鲍观明
策划编辑	罗丁瑞
责任编辑	罗丁瑞
封面设计	林朦朦
封面插画	张儒赫　周学敏
责任印制	包建辉
出版发行	浙江工商大学出版社 (杭州市教工路198号　邮政编码310012) (E-mail:zjgsupress@163.com) (网址:http://www.zjgsupress.com) 电话:0571-88904980,88831806(传真)
排　　版	杭州朝曦图文设计有限公司
印　　刷	杭州高腾印务有限公司
开　　本	880mm×1230mm　1/32
印　　张	7.25
字　　数	129千
版 印 次	2019年3月第1版　2019年3月第1次印刷
书　　号	ISBN 978-7-5178-2976-8
定　　价	38.00元

浙江工商大学出版社营销部邮购电话　0571-88904970

“非洲人文经典译丛”
编委会

本书的版权购买和翻译出版获浙江师范大学外国语学院学科建设经费、浙江省“2011协同创新中心”非洲研究与中非合作协同创新中心支持。

总　序

非洲文学作为世界文学的重要组成部分，既拥有灿烂的口头文明，又不乏杰出的书面文学，是非洲不同群体的集体欲望与自我想象的凝结。非洲是个多民族地区，每个民族都有自己的语言。仅西非的主要语言就多达100多种，各地土语尚未包括在内。其中绝大多数语言没有形成书面形式，非洲口头文学通过民众和职业演唱艺人“格里奥”世代相传，内容包罗万象，涵盖神话传说、寓言童话、民间故事、历史传说等，直到今天依然保持活力。学界一般认为非洲现代文学诞生于19世纪末20世纪初，五六十年代臻于成熟，七八十年代形成百花齐放的局面，迎来了非洲文学繁荣期。这一时期的一大特点是欧洲语言（英语、法语、葡萄牙语等）与非洲本土语言（阿拉伯语、斯瓦希里语、豪萨语、阿非利卡语、奔巴语、修纳语、默里纳语、克里奥尔语等）文学并存，有的作家同时用两种语言写作。用欧洲语言写作是为了让世界听到非洲的声音，用本土语言写作是为了继承和发扬非洲本土文化。无论使用何种语言创作，非洲的知识分子奋笔疾书，向世界读者展现属于非洲人民自己的生活、文化与斗争。研究非洲文学，就是去认识非洲人民的生活历程、生命体验、情感结构，认识西方文化的镜像投射，认识第三世界文学、东方文学等世界经验的个体表述。

20世纪末，世界各地的图书出版业推出各区域、各语种“最伟大的100本书”，如美国现代文库曾推出“20世纪最伟大的100部英语作品”，但是其中仅3部为非裔美国人所创作，且没有一位来自非洲本土。即便是获得20世纪诺贝尔文学奖的非洲作家也榜上无名。在过去百年中，非洲作家用不同的语言，以不同的形式和风格，创作了不同主题的作品。尽管这些作品被翻译成多种语言在世界各国出版，但世界对于非洲文学的独创性及其作品仍是认知寥寥，遑论予其应有的认可。在此背景下，在出生于肯尼亚、现任纽约州立大学宾汉姆顿分校全球文化研究所所长的阿里·马兹瑞（Ali Mazrui）教授的推动下，评选“20世纪非洲百部经典”的计划顺势而出。津巴布韦国际书展与非洲出版网络、泛非书商联盟、泛非作家联盟合作，由来自13个非洲国家的16名文学研究专家组成的评委会从1521部提名作品中精选出“百部”经典，于2002年在加纳公布了最终名单。这可以说是迄今为止最权威的、由非洲人自己评选出来的非洲经典作品名单。

细读这一“百部”名单，我们发现其中译成中文的作品只有20余部，其中6部为诺贝尔文学奖获得者所著，11部在20世纪80年代（含）之前出版。许多在非洲极具影响力的作家不为中国读者所知，其作品没有中文译本，也没有相关研究成果。相对欧美文学、东亚文学，甚至南美文学，非洲文学在我国的译介与传播远远不足。

非洲文学在我国的译介历史可追溯至晚清，但直到20世纪50年代才真正起步。这既有文化方面的原因，也有政治方面的原因。非洲虽然拥有悠久的口头文学历史，但书面文学直到殖民文化普及才得以大量面世。书面文学起步晚，成熟自然也晚，在我国的译介则更晚。中华人民共和国成立以后，非洲国家逐渐摆脱殖民枷锁，中非国家建交与领导人互访等外交往来带动了上世纪五六十年代的非洲文学翻译热潮。当时译入的大部分作品是揭露殖民者罪恶的反殖民小说或者诗歌，这和我国当时的意识形态宣传需求紧密相关。70年代出现了一段沉寂。自80年代起，非洲数位作家获诺贝尔奖、布克奖、龚古尔奖等国际文学奖，此后，非洲英语文学、埃及文学逐渐成为非洲文学译介的重心。进入90年代以来，我国学界开始从真正意义上关注非洲文学的自身表现力，关注非洲作家如何表达非洲人民在文化身份、种族隔离、两性关系、婚姻与家庭等方面的诉求。非洲文学研究渐有增长，但非洲文学译介却始终不温不火，甚至出现近30年间仅有2部非洲法语文学中译本的奇特现象。此外，我国的非洲文学译介所涉及的语种也不均衡。英语、阿拉伯语文学的译介多于法语、葡语文学，受非洲土语人才缺乏的局限，我国鲜有非洲本土语言创作的作品译本。因此，尽管非洲文学进入中国已有数十年，读者对其仍较为陌生，“非洲文学之父”阿契贝在我国的知名度也远不及拉美的马尔克斯、博尔赫斯。

不了解非洲文学，就无法深入理解非洲文化，无法深入开展中非文化交流。2015年初，浙江师范大学外国语学院策划了“20世纪非洲百部经典”译介工程，并计划经由翻译工作，深入解读文本，开辟“非洲文学研究”这一新的学科发展方向。经过认真研讨、论证，学院很快成立了“非洲人文经典译丛学术组”，协同我校非洲研究院，联合国内其他高校与研究机构，组织精干力量，着手设计非洲人文经典作品的译介与研究方案。学院决定首先组织力量围绕“20世纪非洲百部经典”撰写作家作品综述集，同时，邀请国内外学者开办非洲文学研究论坛，引导学术组成员开展非洲经典研读，为译介与研究工作打好基础。

2016年5月，由我院鲍秀文教授、汪琳博士主编的近33万字的《20世纪非洲名家名著导论》出版。这是30余位学者近一年协同攻关的集体智慧结晶，集中介绍了14个非洲国家的30位作家，涉及文学、社会学、人类学、民俗学、哲学等领域。同年5月，学院主办了以“从传统到未来：在文学世界里认识非洲”为主题的

“2016全国非洲文学研究高端论坛”，60余名中外代表参会。在本次会议上，我们成立了“浙江师范大学非洲文学研究中心”——这也是国内高校第一个专门从事非洲文学研究的研究机构。中心成员包括校内外对非洲文学研究有浓厚兴趣且在该领域发表过文章或出版过译作的40余位教师，聘任国内外10位专家为学术顾问，旨在开展走在前沿的非洲文学研究，建设非洲文学译介与研究智库，推进国内非洲文学研究模式创新与学科发展。

与此同时，我们从百部经典名单中剔除已经出版过中译本的、用非洲生僻语言编写的，以及目前很难找到原文本的作品，计划精选40余部作品进行翻译，涉及英语、法语、阿拉伯语、葡萄牙语与斯瓦希里语等多个语种，将翻译任务落实给校内外学者。然而，译介工程一开始就遇到各种意想不到的困难。仅在购买原作版权这一环节中，就遇到各种挑战。我们在联系版权所属的出版社、版权代理或作者本人时，有的无法联系到版权方，有的由于战乱、移居、死后继承等原因导致版权归属不明，还有的作品遭到版权方拒绝或索要高价。挑战迭出，使该译介工程似乎成了“不可能完成的任务”。但我们抱着“20世纪非洲百部经典值得译介给中国读者”的信念，坚持不懈，多方寻找渠道联系版权，向对方表达我们向中国读者介绍非洲文学和文化的真诚愿望。渐渐地，我们闯过一个又一个看似不可能闯过的难关，签下一份又一份版权合同，打赢了版权联系攻坚战。然而当团队成员着手翻译时，着实感受到了第二场攻坚战之艰难。不同于大家相对较为熟悉的欧美文学作品，中国读者对非洲文学迄今仍相当陌生，给翻译工作带来巨大挑战。在正式翻译之前，每位译者都查阅了大量的资料，部分译者还远赴非洲相关国家实地调研。我们充分发挥学校的非洲研究优势，与原著作者所在国家的学者、留学生，或研究该国的非洲问题专家合作，不放过任何一个疑惑。译介团队成员在交流时曾戏称，自己在翻译时几乎可以将作品内容想象成电影情节在脑海里播放。尽管所费心血不知几何，但我们清楚翻译从来都不可能尽善尽美，译文如有差错或不当之处，我们诚挚邀请广大读者匡正，以求真务实，共同进步。

在中非合作越来越紧密的今天，人文领域的相互理解也变得越来越迫切，需要双方学者进行全方位、多角度、深层次的系统研究。我们希望在中国文化走向非洲的过程中，也将非洲经典作品引介给中国读者。丛书的出版得到了浙江师范大学非洲研究院的大力支持，长江学者、院长刘鸿武教授是国内非洲研究领域的领军学者，对本项目的设计、推进提供了十分重要的指导意见，王珩书记也持续关心工作的进展。杭州电子科技大学非洲及非裔文学研究院院长谭惠娟教授在本项目设计之初就给出了宝贵的指导意见。借此机会，我代表学院向他们一并表示衷心的感谢！

“非洲人文经典译丛”的出版是我们在非洲文学文化研究的学术道路上迈出的第一步。随着我们对非洲人文经典作品的译介和研究的深入，今后将会有更多更好的成果与读者见面。谨希望这套丛书能够为中国读者了解非洲文化、促进中非人文交流尽一份绵薄之力。

浙江师范大学外国语学院院长

洪　明

2017年12月于金华

献给弗雷德，感谢他给予我写作的空间

目　录

第一部分　打工妇女　/001

出　走　/003
阿提妮　/014
史黛拉　/021
希　拉　/027
索　菲　/036
弗吉尼亚　/043
乔伊斯　/049
莉　莲　/056
阿提妮的回想　/064

第二部分　其他故事　/075

逃　离　/077
一周中最激动人心的一天　/081
诺思莎　/095
露　露　/114
复活节周日那天我去了
内特雷格　/125
玛德珞莫　/140
两个女孩一座城　/155
既然通行证已取消　/191
译后记　/208

第一部分

打工妇女

出　走

夜阑时分，正是美梦胶住双眼，各路善灵恶鬼出没空中之际。云雨刚歇的情侣，碰触之间，欲火重燃。被上帝选中的灵魂，如释重负，告别躯体，驾鹤归去。一间圆形小泥屋内，一个妇女两眼圆睁，躺在铺了草垫的地板上。

她累了，身心俱疲。这种疲倦一股脑儿地袭来让人无法入睡，她被迫重温了过去一天的生活。真是可怕的一天，她再也不想回忆。可是不管如何抵抗，这一天的情形还是浮现于脑海，反反复复纠缠着她，让她想睡睡不着，想忘忘不了。

闭上双眼，她又看到了全部的情景。走投无路了，除非……

昨日，一如既往，她在听到鸟儿第一声歌唱后起床。天尚未破晓，一天的生活业已开始。她蹑手蹑脚地离开垫子，生怕吵醒熟睡中的婴儿，然后惴惴不安地走向储存食物的纸箱。还好，今早还有足够的玉米面做粥，如果熬得薄一点，兴许还能留点到明天。不过，也不尽然。

起床后，她没有给孩子喂奶。乳汁在减少，还是白天再吃为好。拿起火柴，她到屋外去生火，小屋边上的木头就是燃料。等孩子们醒来，三脚锅已煮上了东西，早餐已备好。

很快孩子们就吃饱喝足，小的在愉快地玩耍，大的帮忙做一点家务。喂过婴儿，把她背在身上，女人就出发到附近的草原捡牛粪，那里有牛群在吃草。

她把裙子撩得老高，露出光秃秃的膝盖，再把装有牛粪的盆子放在身边，着手干活。先从盆里舀一两勺牛粪，把它们敲在地板上，然后左手撑地，右手缓缓地把牛粪均匀涂抹在地上。动作和人们用刀把花生酱涂在面包片上，或是泥水匠用铲子把水泥糊到砖头上如出一辙。手经过的地方留下了长长的纹样，地板顿时被抹上了新鲜的牛粪绿。她一次抹一点，直至整个地板都被涂上了绿色。暖暖的爱意经由手指蔓延开来，混合着牛粪、水和眼泪，穿过指间，伴着清香，到达鼻孔。[①]

接下来她去河边提水。空空的水桶在身边摇晃，一路歌唱；风吹过，呼呼作响。回来时，她把桶顶在头上，灌满了河水的水

① 科萨人住的传统房子以黏土和牛粪做地板，科萨妇女每隔一段时间就会抹一次牛粪来保护它。故事中的妇女因打算离家出走，所以临走时为孩子们重新装饰下地板。——译者注，下同。

桶，不再晃荡。背上的婴儿也一声不吭，安静无语；她刚吃过奶，丝毫觉察不到母亲的焦虑。乳汁正在干涸，母亲担心婴儿的生命将难以为继。

两杯玉米面，两只枯竭的乳房，一只不再下蛋的老母鸡，一间空空如也连生火用的干牛粪都没有的茅舍，还有五个嗷嗷待哺的孩子。提水的路上，女人脑子里净是这些东西，一整天都挥之不去。

现在，她躺着，异常清醒，相同的思绪偷走了她的睡眠和忘性，夺走了夜间少有的独属自己的安宁。

可以去森林里摘些野莓，但在秋天这个季节，野莓并不多。可以到草原上拔些牛羊吃剩的野菠菜[①]，或是挖些草根，但是你必须抢得过巫医。她一天到晚都在琢磨如何让自己摆脱困境。夜已深，可这个恼人的问题还在折磨着她，令她无法闭眼休息。

昏黄的灯光，忽明忽灭，照不到屋子的另一侧。因为白天抹过牛粪，光秃秃的地板闪闪发亮。一个破旧的罐子立在地板上，很久以前，里面装满了果酱、炼乳或其他食品。现在，一块浸过煤油的脏布插在罐盖的孔洞里，正是这么个装置发出了微弱的光，它试图勇敢地划破黑暗，却终是徒劳。

这个女人不到三十岁，和她的五个孩子一起住在这间小屋里。

---

① 原文为科萨语“umfino”，一种野生绿叶蔬菜，与菠菜相似。

她早早就结了婚，那时候女孩的命运大多如此。她丈夫在约翰内斯堡的一家矿上打工，一年十一个月都待在那儿。每次他一回家，她就怀孕。假如她把所有的孩子都生下来，假如没有婴儿中途夭折，孩子的数量将会是现在的两倍。

在这个无月之夜，她的思绪异常活跃，脑子一直在思考一些从未想过的问题。这些问题既让她心惊胆战，又让她感觉轻盈如新孵化小鸡的绒羽。

如果我离家出走，谁来照顾孩子呢？女人思忖着：谁给他们做饭？要是孩子生病了怎么办？这些问题的答案尚未找到，其他问题已迫不及待地挤进脑子：如果我留下来和他们在一起，那我们吃什么？他们当中如果有人真生了病，我又能怎么办？如果我不走，我们会如何？

她的丈夫，只要去了约翰内斯堡的金矿，就把妻子抛到九霄云外。这个女人花了好些年才明白这一点。虽然她对他仍存爱意，但依然难以接受他不能像村里其他男人一样养家糊口的事实。他无法供养妻儿，甚至也没有赡养母亲。这点倒是令她稍感安慰，因为他以自己的方式深爱着他的母亲。事实上，有人会说，他对母亲的爱已超乎常情。

那晚，女人的理智告诉她："他只有躺在你身边和你做爱时才是你丈夫。"

我们生了这么多个孩子，他从矿上回来一次，孩子就会增加一个。可即便是这样，他对我们也没什么感情，每次一离开家就把我们忘得一干二净，女人心里想。

屋内一片昏暗，地板上有深黑色的人影，妇人却依稀可辨，那是她熟睡的孩子。他们对她内心的挣扎一无所知。一声呻吟从地面中间传来，她知道那是希兹威，比最小的婴儿稍大点的那个。她是如何做到不用看脸仅凭他们的咳嗽声、笑声或是夜晚小草垫上翻身的姿势就能判断是哪个孩子的？转念她又想：如果那都做不到，我就枉为母亲。

如果那都做不到，我就枉为母亲。我——就——枉为——母亲，如果那都做不到。正是这句话！意识到自己有这种可能性，她心里惊叫起来。没错，就是这句话。这话来得正是时候，像在茫茫沙漠中跋涉的人偶遇一块金子或是一泓清泉。是一个发现，一种救赎。

她心情雀跃起来。她抓到了事情的核心：那样的话，我无法成为一个好母亲。她将依据自己的理解，履行为人母的义务，养育他们。她知道，对她而言，要想成为一位好母亲就得离开他们。

她动了动身体，宛如一只鬼鬼祟祟瞎捣乱的猫。她不想吵醒孩子。想到老大诺玛柯薇姿，她心中一阵发愁。这个孩子睡觉就像母鸡一样，一只眼睛睁一只眼睛闭，随时会苏醒站起来。如果她的动静稍大于老鼠的声响，这孩子就很有可能醒来。

薄毯下的她早已穿戴整齐。现在，她把手伸进法兰绒衬裙，在腰间摸索了两下，钱袋就在那里。她又用手指捏了捏粗糙的旧围裙缝制的钱包，一切都在，她可以行动了。起身后，她像芦苇一样笔直地立在草垫上，身体一动不动，思绪却飘向了远方。

裹紧毛毯，慢慢地、小心翼翼地向门口走去，心情沉重。她打开门，双腿迈了出去。

出去后，轻轻带上门。脸和脚立马感受到了夜晚的凉意，尽管她把自己从头到脚裹得严严实实。她在门外站了好一会儿，静静地聆听孩子们的呼吸声，呼气、吸气，他们睡得很熟。

女人竖起耳朵想象着里面的画面，“呼——哧——呼——哧”的声音让她仿佛看到了婴儿起伏的身子。他睡得很安详。

“嗞”，心中那根埋藏已久的刺突然扭动了一下。

一滴鲜血从心房中挤了出来，照亮了夜晚漆黑的天空。满天星星大放光芒，把她脚下的路照得无比明亮。“嗞!”

她的前路清晰可见，一如清泉之下的山石。“嗞”，那是她前进的动力。“嗞——嗞——嗞”。

她像四月里随风飘扬的蒲公英，轻装离开了小屋，离开了睡梦中的孩子们。

她疾走狂奔，趁着那滴带刺的鲜血尚未凝结，自己没有心生畏惧；趁着她来不及细想六个月的坦迪维拂晓醒来找不到她的乳房会哭得如何撕心裂肺。接下来，大点的孩子就会开始大叫：妈妈呢？妈妈在哪儿？妈妈到哪里去了？[①]

哭叫声会把他们的奶奶——玛娜拉招来。玛娜拉一直记恨她，正因为她，儿子才发现了夜间的甜美，即女人的甘甜。玛娜拉会照顾孩子们的，她安慰自己。“毕竟，他们都是她儿子的孩子。”她对自己说，“即便她不喜欢我，她也会照顾他们。”

她肝肠寸断，但“嗞”的一声，她想起了那根刺，于是不再悲伤。“如果不这样做，我不会是一个好母亲。”

她走过牛栏，那里有一只羊孤零零地躺在地上咀嚼着反刍的食物；穿过敞开的大门，这扇门自她作为新娘[②]被抬进来后，这么多年从未关上过；沿着弯弯曲曲的小路来到了河边；又经过一片森然的田野，田里的玉米秆有十岁孩子这么高，在这无风闷热的夜晚笔直安静地立着。她已经离开了家。

要是有人这时看到她，肯定知道她没干好事。有人会说她是巫术上身的巫婆，也有人会说她是水性杨花的荡妇，没等丈夫回家就被人发现去与情人幽会。想象力更丰富的不仅能说出名字，而且会把他描绘得有模有样、煞有其事。含糊的暗示胜于直白的谎言，没人能真正驳倒他们。还有一些人会信誓旦旦地说，他们亲眼见到那女人怎样怎样，“我不能透露名字，你知道白人会因此把你送入监狱”，以此来增强故事的真实性。最终，她知道他们会

① 原文为科萨语：“Uphi umama? Uphi umama? Umama uye phi?”

② 原文为科萨语“makoti”。

说她逃跑是为了掩盖自己有了身孕，那是她丈夫离家几个月后怀上的。她这种出于绝望的纯洁使命将会衍生出五花八门的故事，她会庆幸自己的离开，耳不听为净。

“嗞！”她的孩子每天挨饿。“嗞”，她的丈夫就是一条只知道在草地上撒欢的狗，撒完就把草丛忘得一干二净，不会去想那会造成什么后果。“嗞——嗞！”妇女飞快地走着，几乎脚不着地，毯子卷裹在腰间。

下山走向河边的时候，她专挑陡峭的山丘，避开平坦的道路。她丝毫没有觉察到膝盖正向她抗议；长满老茧的双脚碾过土块，对小石子和锋利的石头毫不介意。

她沿河疾走，步伐快得像流水，血液如同哗哗的水流在血管里翻涌奔腾。

一只夜鸟不满于她的入侵，发出几声尖叫，然后拍拍翅膀飞走了。

借着黎明前的黑幕，她到达了河滩。铺开毯子，脱掉全部衣服，小心谨慎地用毯子包好并卷成一个包裹，把它放置头顶。

一只手牢牢地抓着随身物品，另一只手用来平衡自己，她缓慢地涉过这冰冷湍急的河水。水流很大，跨越急流旋涡时，她不得不稳住双腿。逆流而上，她前进得很慢。

终于，她到达了河对岸。费力过河时，心中的那滴血使她全身温暖，鼓励着她不断向前。她从未想过借助魔力。

她停下来眺望了一下地平线。可以在火车上休息，前面还有一片庄稼地，上面种着未成熟的玉米，她奋力地掰开玉米秆穿了过去。

当她抵达这座高耸巍峨大山的山脚，远处的天空已出现红点，红云如火。她抬头望了望，见山顶已与天空相接。很快，她就消失在苍翠的树林和茂盛的灌木丛中。

长途跋涉令她口干舌燥。“嗞！”刚被抛在身后的饥饿鞭策着酸软无力的双脚。她能感觉到饥饿正在吞噬着她的孩子，撕咬着她的心。鼻子一阵温热潮湿，几乎无法呼吸：落叶终会化作春泥，催发新的草芽。

大山压顶，四周一片漆黑，伸手不见五指。鸟巢里的一阵躁动吓得她浑身一颤，不过她没有停步。接着，又听到蟾蜍呱呱大叫，叫声唤起了伙伴热切的回应。女人拖着沉重的双腿，缓慢前行。这时，山中的夜行动物开始躲避黎明。

红色的天空现在已变为金红并带点粉。树丛中的鸟儿叽叽喳喳叫个不停，猫头鹰咕咕叫着，缓缓地挥着翅膀飞向巢穴。女人费力地走着，乳头变得很硬，不知是奶水不足还是奶水太涨，在她看来这是一回事。她似乎也不知它们为何火辣辣的痛。

在靠近山顶的峡谷，她突然被一只睡梦中的狒狒绊倒了。惊恐不安的狒狒生气地咳嗽了几声，然后笨拙地扑向黑暗。空气逐渐变得稀薄起来，鼻子闻到了一种腐烂的气味，她到达了山顶。

如入侵的勇士一般查看了一下地形，沐浴在柔和阳光下的乌姆塔塔[①]在她脚下一览无余，安静无语，既不表示欢迎也不表示拒绝。太阳在这时开始躁动起来，颜色迅速地由粉变白。

有那么一会儿，她在想，孩子们是不是醒了？小婴儿是不是哭闹着要喝奶？婆婆到她家和孩子们在一起了吗？她会照顾他们吗？或是……她阻止自己再想下去。相反，心中的那根刺让她记起她在干吗，为何这么做。“嗞”，如果我不离家出走，我就不能成为一个好母亲。

女人浑身是汗，四肢冰凉地站在那里，尽情地欣赏着脚下睡梦中杂乱扩张的城市。

她双膝着地，掏出了两只乳房，乳房涨得发硬，脉络分明，手摸过一阵灼热。“嗞——嗞”，白色的乳汁喷了出来溅到了地上；“嗞——嗞”，婴儿的生命之泉解救了干旱贪婪的土地，女人泪如雨下，膝盖边的地上已湿了一大片。

奶涨缓解后，她把乳房放回破旧不堪的衣裳里。最后再看一眼吧，前路已清晰明了；再为孩子们叹口气吧，是他们，他们的饥饿，促使她离家出走，迫使她穿越黑暗、河流、田野、森林和高山。她是多么爱他们啊！

又一滴鲜血重新坚定了她的决心，疲惫的双腿再次恢复了活

---

① 乌姆塔塔（Umtata），现更名为姆塔塔（Mthatha），南非东开普敦省一城市。

力，她从刚才的沮丧中回过神来，挺直了身子。眼睛虽红，泪却已干，她直视前方。决心已下，不再回头。

阿提妮

我是阿提妮，尽管里德夫人叫我泰妮。现在我已为她工作了一年半。如果你要问我感觉怎样，那是五味杂陈。我不讨厌里德夫人，毕竟她人不坏。不过，我也没有和其他女主人相处的经验。我的境况如此绝望糟糕，对我而言，任何夫人都是守护天使。

好吧，事实上这里的女佣会给里德夫人取各种外号，但我想她们绝不会把她和天使扯上关系。多数人也不会把她的同类称为天使。我知道不少人其实想表达的是一种相反的意思。

但是，我的朋友，我一无所有，这个女人给了我一份工作。我周围有些认识伊梅尔达的人对我的态度甚是古怪。伊梅尔达是我的前任女佣，就是因为她，我得到了这份工作。这些人不喜欢我得到工作的方式，见到我不是拉长着脸就是故意视而不见。没胆量不打招呼就冷淡地说声“你好”，脸上却不露半点笑容。只要里德夫人付我工资，我就会一直为她工作。这样我就能把挣来的钱寄给孩子们。

但是，有时，我会怀疑：她们到底有没有足够的理由不喜欢我得到这份工作？我做错了吗？如果我错了的话，让自己孩子忍饥挨饿，甚至可能就此饿死，那就对了？

无论如何，她们现在都已原谅了我。至少我自己这么觉得，因为一到晚上她们都喜欢到我房里来。不过有意思的是，她们来时一次不会超过两人。如果她们到来时发现已有两人在场，新来的人就会立刻告辞，或是早来的两人中的一位就会借口离开。我很好奇她们为什么会如此行事。这些城里女人的确不同于乡下女人。我想，可能将来某一天，自己在这里待久了，耳濡目染，也会忘记乡下作风，变得像她们一样。

我刚到这里无处安生时，她们对我很友善。我只认识我们村的诺姆碧妮，不过我没有事先写信告诉她我要来。话说回来，我当时都不知自己何去何从，我又怎么告诉她呢？

我找到诺姆碧妮，她收留了我，把我藏在她房间，她的白人[1]女主人毫不知情。白人女主人都不喜欢女佣收留别人。她们说，

---

① 原文为科萨语“mlungu”，意为“白人”，是南非黑人对白人的称呼，带有贬义和讽刺意味，文中多处使用了该词。

那样的话，自家姑娘[1]就会为了给房里人找吃的去偷窃。

诺姆碧妮把我留在她房里，其他女佣则帮忙给我弄吃的和穿的。因为我来时几乎赤身裸体，诺姆碧妮烧了我来时穿的衣服。这些衣服在我离家时早已破烂不堪，加上一路徒步，跋山涉水，到这里时它们只剩下一些布条，零零星星地挂在我身上。不过，感谢上帝，这些破烂还是遮体的。

当我来到这里差不多快两个月的时候，伊梅尔达得回趟她老家——姆奇姆库卢的马伦盖村。她的家人得了重病，我记不清是她母亲还是父亲了。她的女主人不让走，除非她找到替补她的人。伊梅尔达知道我没工作，非常高兴。尽管我没有工作经验，尽管她的女主人异常挑剔并且警告过她："不要给我找个乡巴佬[2]。"她毫不介意。亲爱的，我不仅是个乡巴佬，我甚至连乡巴佬这个词是什么意思都不懂，而这就是典型的乡巴佬。

我想里德夫人接受我的唯一理由是她无法想象没人为她干活。她不可一日无用人，一个无用的女佣也聊胜于无。

但是，一周以后，她开始对我展露笑容。我明白她对我的工作感到满意。我谨小慎微，一切都按伊梅尔达的指示干活。当然，我也得到了里德夫人的帮助，如果她想我怎么干，就会说："这样

① 姑娘（girl），是白人对女佣的一种歧视性称呼，不管年龄大小，统一称为姑娘。女佣之间有时也相互以此称呼对方。

② 原文为"mampara"，南非俚语，用来指笨拙或不懂城市生活的黑人。

子，泰妮。”第一周，因为以身示范，她自己几乎干了所有的活。

伊梅尔达从里德太太那里要了三周的假期。她对我说她可能会走一个月，最多一个半月，但我不觉得这有什么区别。正如我所说的，一周后里德太太就很满意我的工作，满意到她支付我的薪水是伊梅尔达的两倍。她递给我钱时说：“你手脚真是麻利，泰妮，做事干净利落。”

噢，泰妮，源自我的名字，阿提妮。我这么大块头的一个女人，被她叫作泰妮，我感到很可笑[1]。我实际上是一个“肥婆”[2]，一个无法掩盖自己脂肪的肥婆。但里德太太却说：“哦，你们的名字太难念了，我发不出来，什么吸气音之类的。我就叫你泰妮。”就这样，我成了泰妮，尽管我很胖。事情毫无计划地就朝糟糕的方向发展。老天做证，我不想抢谁的饭碗。两周后，里德太太动不动就让我为伊梅尔达感到难过。她总是不停地告诉我，说我有多好，说能雇到我她有多高兴，说她会多付工资给我。她没有直截了当地说她不想伊梅尔达回来，但是，我知道，那才是她真实的想法。她也知道我明白她的意思。

朋友，当可怜的伊梅尔达回来时，时间已过去了十一个星期。我也不明白她为何还抱着重获这份工作的希望。如果我离开，自

---

① 阿提妮身材高大强壮，但里德太太却管她叫泰妮“Tiny”，“Tiny”在英文里是“细小，纤弱”的意思。

② 原文为“sidudla”。

己再找一个别的工作，她的工作就保住了？里德太太难道不会再请一个？所以，为了省去中间的麻烦，里德太太和我就决定继续合作。

如果我说我曾对自己赚得比伊梅尔达多有过一丝半点怀疑的话，我就是撒谎的长毛怪。我心安理得地接受更多的钱，因为那是我应得的。我相信我干活利索，正如里德太太所言。当她问我："泰妮，如果伊梅尔达回来，你有新去处吗？"我实话实说："没有，太太。"心里笑开了花，满是期待。

当然，伊梅尔达从迥然不同的角度看待整件事。她认为我自私自利、冷漠无情。

"我给你找了份工作，让你顶替我几天，又没有让你抢我饭碗。"她咆哮道。

"可你回去待的时间比约定的要长，而且即便我不再在这里干活，你也一样会丢了这份工作。"我也提醒她，事实上，她回来后也说过，她可能不要这份工作了。如果真是那样，对我来说是再好不过了。

"阿提妮，我的好姐妹，让那白人女人再找个女佣吧，别这样对我，你不能这样。"她用我们的母语——科萨语对我说，这种语言像里德太太这些白人女人是不屑学的。

她站在屋外，里德夫人透过门缝跟她说话。她能看到我就站在雇主身后，穿着比我的身材小好几号的制服。

我听出了她声音里的绝望。她的的确确很想要，不，很需要这份工作。但是，我又能怎么样？无论如何，当里德太太说“不管你留不留下，我都不会让伊梅尔达回来了”时，我的疑虑彻底消除。本身它也不强烈，所以来得快去得也快。我对伊梅尔达说：“和女主人说吧，如果她要你，我绝不会是你的绊脚石。”

两个陷入绝境的人又能解决什么问题呢？所以，我留下来为里德太太干活；伊梅尔达到处传播消息，把我的名声抹成乌鸦一般黑。

一开始，其他女佣信了伊梅尔达的话，老找我的碴。乃至我的同乡——诺姆碧妮，也告诉我，她为我在背后给伊梅尔达捅刀子感到羞愧。我感到很难过，非常难过。但是，我又能怎样？我留下来是为了我那些挨饿的孩子，我趁他们安心睡觉时丢下了他们。我不断提醒自己，他们第二天醒来不见母亲是什么情景。他们不知道我在哪里，发生了什么事，直到我找到回村的人送了信。我提醒自己，当初我丢下孩子可不是为了来帮助那些保不住工作的女佣的。哎哟，如果伊梅尔达工作做得好，她的白人女主人会叫她不要回来吗？哎，我对自己说，阿提妮，别惦记这件事了，别管他们喜不喜欢你。想想你的孩子，记住你是为他们工作，你来这里可不是来找朋友的。

意识到她们的不理不睬对我丝毫没有影响后，她们陆续又开始和我说话。

现在，我必须非常小心，以免陷入另一个困境。女人喜欢说三道四，然后忘记自己说了什么，无意识之中你就可能回答了张三说的关于李四的问题。我没有时间八卦，但我不得不承认她们说的故事相当有趣。

事实上，我逐渐获悉了这个地方的诸多事情：白人女人的好恶，哪些白人男人在追女佣，谁家对仆人比较客气。我也知道了女佣们自己的许多秘密。

我们坐在房内，因为我是新来的，邻居们一个个热心肠地把一些事情告诉我。例如，我的女主人是个什么样的人，她的真实面目如何；较之她们主人，她又怎么样；如果我交了男朋友，哪个女人我必须当心；哪个人在钱的问题上分不清给和借的区别；哪个人酗酒（当然，那些不喝酒的人也会告诉我谁喝酒）等等。

但是，在所有我喜欢的故事中，那些比伊梅尔达更让我大开眼界的故事是最精彩的。天呐，有些故事还和她有关！当你到处说别人坏话时，坏话会回到你身上。一点没错，种瓜得瓜，种豆得豆。当然，我也听到很多她和别人说的关于我的事情，你可以想象，那其中大部分都不是真的。不过，看起来她也给其他人编故事，包括女佣，女主人，她们的丈夫、男友甚至是地下情人。伊梅尔达对谁的事情都一清二楚，而且她的脑袋像是被马踩过一样，裂开了一个大口子，完全守不住秘密。消息总是从她那里流传出来。我听到的故事有些甚至是陈年往事，主人公是多年前就来这里的女佣，和我几乎是素昧平生。就这样，一个全新的世界展现在我面前。

史黛拉

看到你家夫人开车出去，想来她去上防身课了，我就过来转转。把水烧上，姑娘。你知道我们家那位素食女主人，满冰箱的瓜果蔬菜，闻起来就是一股烂味。她告诉我，奶是豆子制成的，豆子。我没长在做豆奶的人家，难不成豆子也有奶头？嗨，如果我们不当心，我告诉你，总有一天，这群我们为之干活的怪人会拿蛇和青蛙来喂我们。

你瞧，水开了。我们屋里没茶也没咖啡。“那些东西会让人上瘾，史黛拉。”我家主人老这么对我说。不过我心里清楚，根本不是这么回事。

谢谢，闻起来真不错，谢谢你。如果我有钱，我一定买些咖啡放在房里。

我都不知道自己为何还要继续为这讨厌鬼[①]工作，你知道吗？相信我，我知道我们经常说鹳腿女人[②]，也就是你家主人的坏话，但是，你为她干活，你至少知道该怎么做。不像我家那位，变幻莫测。

你肯定见过她那张脸，一天到晚笑容满面，她都可以去参加微笑比赛，赢个最灿烂最甜美小姐的称号回来。你说是吧？她看起来总是兴高采烈，咳，可别上当受骗了，告诉你，她做的事情，你都无法相信。

想想她这些年是怎么利用我的，我就火冒三丈。但是，我俩扯平了。我都回报她了，有过之而无不及。

每次和我说话，她就收起那一脸的灿烂，告诉我一些不好的事情。

“史黛拉，”一到周四午饭时间她就对我说，“你能回来做晚饭吗？今晚我有客人。”

你说，残不残忍？这女人和别人一样一周有七天，她挑个什么时间请客不好？偏偏挑一个明知道是我休息日的晚上。她那笑容总是让人以为她有多友善。

---

① 原文为阿非利卡语“suurlemoen”，英文意思“lemon”，指令人讨厌的人或次品。

② 阿提妮的女主人腿脚不便，附近女佣给她取了各种外号，下文提到的“无腿女人”“鸟腿女人”和“用胳膊走路的太太”指的都是她。

从一开始，我就知道我的女主人不怎么样。第一天到那里，你知道我发现了什么？一浴缸的洗澡水，她刚刚洗完澡，身上洗下的污垢脏得她都不想伸手去拔浴缸的塞子。你能信吗，她居然把脏水留着等我来放？

我不是说要她自己洗浴缸，咳，话说回来她雇我就是干这个的。但是，你说她都不会自己放洗澡水？

还有，如果你觉得我在浴缸里只发现这些就大错特错了。漂浮在浴缸水面上的是她的内裤……她把它留在那里等我洗。

什么！我怎么做？我教训了她一下，就在我工作的第一天。我找了样东西，我想是一个衣架，把她的内裤捞起来，然后湿淋淋地把它挂在浴缸边。我把浴缸擦得锃亮锃亮的。

你以为她理解我的意思了？错。她给我留了张字条，上面写着："史黛拉，当你洗浴缸的时候顺带把内裤也洗了。"

你说我怎么做，我的学又不是白上的。我在她的书架上找了笔和纸，也写了几句话。

"夫人，"我在便条里写道，"请原谅我没洗你的内裤，不过我觉得任何人都不应要求别人洗自己的内裤。人们告诉我内裤是最私密的东西……我妈妈也告诉我不能让任何人看到内裤。我不明白为什么你要求我这么做。"

内裤事件就到此结束。你知道，她出门早，那时我又不住家里，所以我们经常这样留言给对方。

每个周日她都去教堂。这些白人可真够虚伪的，是彻头彻尾的伪君子，说一套做一套。

每个周日她都去做礼拜，但是如果男主人不在家，你真得看看这个地方会发生什么事。那时，她就会提早回家对我说："史黛拉，今天就干到这里，你去休息吧。"

突如其来的半天假期，我能怎么安排？难道你认为我有钱能到处逛逛？但是，这不是甜美笑容女士会考虑的问题。她想要的是没人在那里碍她的事。虚伪，狡诈[1]。

但是，我领她的情，我接受她给我放的半天假，待在自己房里，好好休息。

她也不知道我需要休息，她觉得我就是一头任劳任怨的驴。我休息的时候，你知道吗，她给我一箱子的衣服。不要以为她像其他女主人一样把旧衣服施舍给女佣，朋友，她不是这样的人。她是让我去给她卖衣服。

"史黛拉，"她的笑容大得能遮住整片天空，"我相信你那些住在兰加[2]的朋友会喜欢这些衣服，几乎都是全新的。"

这就是我的女主人。我一周给她工作六天，干六天的活还不够，仅有的半天休息，我还得为她工作，兜售她的旧衣服。她甚至还在每件衣服上标了价格。

---

① 此处为阿非利卡语"skelm"。

② Langa，开普敦郊区的一个黑人城镇。

你可千万别认为这些所谓全新的衣服都是干洗过的。你觉得她会花那样的钱？听着，我必须扛着这些臭烘烘的衣服回家，然后卖给我的朋友们。当然，只要是我这头驴能洗的，她就会千方百计设法让我洗了熨了。她一点都不吝惜我的力气，一点都不。

然后，她会挑拣其中的一件衣服，用看离家孩子似的眼神看着它说："这件给你吧。"这就是她对我的回报。为了卖这些傻不啦叽的衣服，我拖着沉甸甸的箱子，还要遭受朋友们的嘲笑。你知道，有时，为了免去这些麻烦，我就自己掏钱买了这些衣服，我付她钱，一部分一部分地，直到全部付清。然后我找个人捎回村里，分给那里的亲戚。

给这样的人干活，你是不是觉得自己会生病？你给她做牛做马，她就给你吃点素菜。她真让人抓狂。但是我必须当心，如果真有什么事情让她生气恼火的话就是我生病。

她从来就不明白为何我会生病。她觉得我是金刚不坏之身，她能生病，而且生病时为了伺候她，让她好过，我得满屋子地跑。"打开电视，关掉电视。给我一杯红茶，热些牛奶。我想要不涂奶油的吐司。给我杂志，去拿报纸。我忘了，《时尚》杂志被人借走了。接电话，记下信息。是乔安吗？我自己接。"

但是我不能生病。"你觉得我是开诊所的，姑娘？"生病第一天，她这么说。第二天，她说："也许你应该回家，让你女儿过来帮忙。"

你知道她家女儿和我家女儿年龄相当。我生病，我就得把女儿叫来帮忙照顾她和孩子。我孩子就得翘课来这里给他们做饭、铺床、擦鞋、洗衣。

我也发现了她不喜欢我生病时还待在这里。她觉得我的病菌会传染到他们身上，害死他们。他们生病就不怕我感染上病菌。但我的病菌，那就是另外一回事了。

呵，白人啊，你为他们，他们的孩子，他们的朋友，甚至是他们的猫狗做牛做马，他们对你的感谢就是在你后背踩一脚。

无论如何，我得走了。我正在做酸奶面包，面团应该发得差不多了。嗨，谢谢你的咖啡，现在我的确清醒多了。

希　拉

我吵醒你了？你一定没睡着，是吧？你还这么年轻，应该多出去走走，知道吗？又来了，瞧我说的废话，你哪有时间出去，你家女主人让你在厨房忙活到这么晚。今晚你几点下班？

我告诉你，你们家那个白人女人，她真是一条母狗。她留不住用人，换人比人家换袜子还勤。每天你只要往那一瞧，院子里晾衣服的都是新面孔。有时没等周边的女佣知道她叫什么名字，人就已经走了。你来这儿多久了，一个月？

什么？更久？我的天，她真该开派对庆祝一下。我不知她具体换了多少人，除了最后一个，那个和她待了有一段时间。真不知道有多少人是刚做满一个月就离开的；有些甚至一个月不到就走了，连工钱也不要。

你还笑？我可是认真的。叫她给你加工资，你就该这么做。给这样的女人干一个月等于在其他人厨房干一年。她可真是会吃人的。

告诉我，她付你多少工资。不，告诉我，我知道她付前面那位多少。挺有意思，她给的工资总是忽高忽低。我想，她初见一个人时会想："啊哈，这是一个来自蛮荒之地的乡巴佬，对钱一无所知，她可能没见过比十兰特更多的钱。"如果她这样想，老天，那个可怜的[①]姑娘每月从她那里得到的钱不会超过两百兰特。

她付你就这么多吧？我敢确定一定是。你这么腼腆年轻，她会说你没经验，然后就开始剥削你，付你微薄的薪水。

还有，咳，真是[②]厚颜无耻！这些白人女人说没经验是什么意思，难不成她们以为我们吃东西是生吞活剥的？

你知道，那些女人总有些自以为是，你说呢？

所以，她们会说你没经验，给你的报酬微乎其微。难道她会送你去学校学习怎么洗衣服？还是她会亲手教你怎么熨她老公的衬衫？她能给你示范怎么做饭？

她们就知道动动嘴巴，别的完全[③]无用处，她们只会令人发笑。更过分的是[④]她们居然还有脸说我们脏。如果我们不给她们打扫，她们能干净？向上天祈祷吧，亲爱的，你运气不错，没有为

① 原文为阿非利卡语"arme"。

② 原文为阿非利卡语"blerry"。

③ 此处原文为阿非利卡语"lekker"。

④ 此处原文为阿非利卡语"nogal"。

那些一个多星期没用人打扫的家庭工作过。到时，你看看他们干不干净。一两天没用人，他们的身体就发臭。一周之后，整个地方都会散发恶气，即便买了空气清新剂也不管用。那东西又不像女佣有手有脚，它只会污染空气。你就哈哈笑吧，那气味闻起来像是地狱。你想，谁会怕那愚蠢的空气清新剂呢？不，亲爱的，任何东西都无法像女佣一样让白人保持干净。但是，当然，他们不会承认是我们让他们如此干净的。他们从不承认那是我们的功劳，不过，没关系，我们知道就行了，这很重要。

我家主人满腹牢骚。我敢肯定她是从书上看来的。她老是看书，你知道，她的眼睛就是这样看坏的。没有厚厚的眼镜，她都无法看清她面前的手指。但是，呵，我的错误，朋友，她却看得一清二楚。她老是向我抱怨。

“你扫地时没有把地毯折回去。”

“你把衣服晾在外面太久了，熨之前要先弄湿点。”

“这些杯子洗干净了吗？餐具必须漂清，否则我们吃的都是肥皂。还有，昨晚，你烧的土豆没有把芽眼挖掉。用土豆削皮器，尖的那头，知道吗？我放那里就是让你用的。”

哪天天晴[①]，心情好，吃饱喝足了，我会当着她的面说：“你做一下，示范示范，让我看看怎么弄。”

① 原文为科萨语“shushu”。

然后我就会看到她不是烫伤了手就是切断了一根手指，如果那天我够幸运的话。她连熨斗的前后都分不清。这样她就会闭上那张大嘴巴，让我耳根清净一会。

不过，她给的工资还算体面。我的意思是在这个地方不算多也不算少。这边女主人出价都不高，如果你想多赚点，你得去开普敦、康斯坦亚，或是坎普斯湾、兰迪德诺。到时你只有在假日公车上才能碰到其他女佣。但那里的女主人愿意多付钱，是因为她们知道那里路远地偏，女佣们只能见到狒狒。一周六天，你就和狒狒、白人打交道。

你有没有听说过女佣如何阻止白人女主人叫她们“姑娘”或仆人的事情？为了保障我们的权利，我们得加入组织。你觉得那可能发生吗？白人女人会停止叫我们“姑娘”？这么多年了，她们早已习惯这种叫法，才不会管我们喜不喜欢，叫什么名字呢。你真觉得她们学得会？我个人觉得不可能。我真不这么认为。

当然，这个想法很不错。我们必须得有我们的团体。让我们工作的白人肯定也有她们的团体。如果没有，她们又怎么知道该付我们多少工资？这些白人女人老聊这些事情，她们告诉彼此该如何对待女佣。我们太后知后觉了，没看出她们一直这么做，一直在控制我们。你甚至都没必要换工作，因为你的下家和你的上家如出一辙。她们知道怎么对付女佣，所以她们对我们的方式半斤八两。

“你可以四处打听一下，问问附近的姑娘。你的工资已经不能再高了。”如果她不确定，她又怎么会这么说？如果她很确信，那么自问一下，她又如何得知这个地区的其他女主人付我们多少钱？她们谈论我们，谈论应付多少工资，谈论给我们吃什么。我告诉你，我们是她们的首要话题。如果她们能像讨论我们这样讨论她们的孩子，她们就不会养那些被宠坏的畜生了，我们还得照料它们。不，她们肯定也谈我们的薪水。

你想笑？我告诉你，我们家那位付我多少钱。我为她工作了八年，八年了，当我向她抱怨工资太少时，她告诉我：“你去问问隔壁那姑娘，范尼凯克太太付她多少。她待在她们家已经二十年了。”她是如何知道的？她们又不像我们这样老是互相串门聊天。

不过你家那位，亲爱的，另当别论。她的小气不是日常生活中的小气。她的小气是一种病。你知道吗？她甚至把旧衣服卖给用人。如果她给你什么东西，你要当心。你要确定她是真给你而不是卖给你。之前一个女佣就因这种事被送进了监狱。她欠了你家女主人三个月的工资，三个月的血汗钱啊。她，就是你主人，很快就打电话叫来了警察。你每走一步都得当心。

如果你拒绝给钱，不管这钱到底是赔偿那些你都不知道要不要买的衣服还是不小心打碎的盘子，一二三还没完，警车就来了；四五六，你已在监狱。

你知道警察可不会让你开那脏口。你想，他们会让非洲黑人说白人女人在撒谎？如果有人这么想，那他不是疯子就是瞎子。对她当心点，小心些，她是草丛里一条真正的毒蛇。

趁你不在，她还会去你房间。她想看看你有没有偷她东西。听起来是不是很荒唐？不要以为她来你房间是因为她丢了什么东西，噢，不，她进你房间是想看看里面有没有她觉得不属于你的东西，一些你买不起的东西。然后，她理所当然就断定你是小偷，因为她知道光靠她给的工资，你买不起这么昂贵的物品。她的猜疑错不了，在你房里，她果然找到好东西，但不是她的。你房间没她什么物件。

别以为事情就到此为止了。

现在，她必须搞清楚你是从哪里偷的东西。如果不是从她那拿的，那又从谁那里？她进你房间是为了确认你有没有从她那里偷东西，你没有偷她任何东西，她的预想出错。尽管如此，她也不会认为你可能什么都没偷。不，她不会对自己说："啊，老天，也许我错了，也许我那可怜的姑娘不是贼。也许她比较正派，我看走了眼。"她不会这么说，她只会说："好吧，这不是我的，但肯定也不是她自己买的。那她从哪里偷的呢？"

这些我们为之工作的女人认定了我们是小偷，就那样[①]。我们所有人除了贼什么也不是，她们都那么想。不过，你们家那位会

① 原文为阿非利卡语"enklaar"。

在背后直接进入你房间，趁你回丹肯村探亲时，到处搜查[1]。

你是不是说过你还有个小的？当然，他怎么样？噢，真遗憾，可怜的家伙[2]一定很想你吧？你走时他肯定号啕大哭。是的，可惜现在他们制定了法律，不准工作时把孩子带在身边。我家孩子小的时候，是允许把孩子带在身边的。听着，活可不少一丁点。你就像是身兼二职，既要照顾自己和女主人的孩子，还要干其他活。不过我觉得还是那样比较好。现在你还得自己花钱请人看孩子。你也不知道她们干得好不好。真是遗憾！

我不是在跟你讲我为这户人家工作八年后我的工资是多少吗？嗯，今年一月份，她告诉我："姑娘，我家男人说了，我们可以给你加点工资。"

大事情啊，她从元旦那天就开始说了，一直说到现在，我都看不见这钱多在哪儿。我像是一个翘首企盼圣诞礼物的孩子。我万分激动地等着一月份结束，我等啊等。告诉你，十二月和一月这两个月过得奇慢无比，比一个又瞎又瘸的胖子走路还慢。这两个月的月底麻烦真不少。知道为什么吗？因为，你得买精美的[3]圣诞礼物，还要付学费和校服费，为这你几乎倾家荡产[4]。你也见过

① 原文为阿非利卡语"krap"。

② 原文为阿非利卡语"foeitog，die arme skepsel"。

③ 原文为阿非利卡语"lekker goed"。

④ 原文为阿非利卡语"mos platsak"。

一件衣服穿不了一年吧？工厂做东西就这样，他们不想让衣服耐穿。如果不那样，他们哪来的钱赚？老师、校长、督察都是些骗子，他们都收受了工厂的好处。学校今年买这么多校服，他们从工厂或是批发中获利。谁来为他们这种“狼狈为奸”买单呢？是我们这些可怜的家务劳动者。听我说，我是这里第一个忘记自己是奴隶的人。我必须记住我现在是一名工人了。我和这些白人女人一样坏吧？正如她们说的，老狗学不会新把戏，嘿！

真是，看看这都什么时候了，知道我过来想跟你说啥？明晚我们将在索菲的厨房开会。索菲住哪里你知道吗？沿着这条街街角的希腊咖啡厅和情侣步道往下走就可以了。她的女主人很疯狂，允许我们使用她的厨房开会，难怪政府老找她麻烦。

不管怎么说，明晚九点半我们将在那里开会。你可别让这个女人绊住你，明天早点对她说，免得她胡搅蛮缠又要你一直干到晚上。告诉她你洗完碗后得把生活费寄给孩子。

总之，明早我给你电话。我家那位十点去打保龄球。每次我一放下电话她就问：“谁啊？”任何时候只要你接个电话，她们总想知道对方是谁。那么你告诉她是照顾婴儿的人，就说孩子没吃的了。她就会让你早点下班，也许八点也许八点半。你别浪费时间，立马赶到我住处，然后在那里等到开会的时间。如果你在这里等，她会怀疑的，然后她就会找些没完成或是需要返工的活让你干。这是她们把女佣深更半夜叫回厨房的惯用伎俩。

亲爱的，我必须走了，你继续睡吧。你都可以想象明天闹钟响时我俩是什么感觉。

最后一件事，说完我就走。给你一点忠告，朋友。要是有其他女佣说你家女主人或她丈夫的闲话，可千万别当真。有时人们告诉你一些事是因为她们嫉妒你。这里的女佣总爱胡说八道，你只要闭上嘴巴做自己的事就好。她们要是和你说事，你一只耳朵进，一只耳朵出。她们会叫你“别那样做”[①]，但许多人却缺乏这种自知之明。你听我的。

嘿，再不让我走的话，闹钟响了我还在这里。我得飞奔回去了。

---

① 原文为阿非利卡语“plaasjapie”。

索　菲

嗨，昨晚你怎么没来开会？我那白人女主人一上午都在问我这事。你知道她就这副德行，在办公室也好在家也罢，总爱多管闲事。

我和她说，你原本答应了要来的，我也不知道为啥你没出现。她知道我不喜欢跟女佣和女主人说话，就问："你不去问问吗？还是我去问？"每次遇上我不想说的事，她就用这招，每次都惹得我一身骚，不受女主人们待见。也许你觉得白人女人丝毫不会把女佣的闲言碎语放心上，不是的，伙计[1]，让我工作的这位可不这样。

鸟腿女人这些天还好吧？我希望她不要再换女佣了。厨房一

---

① 原文为科萨语"hay' mntakwethu"。

天一个新面孔，我们都看腻了。不过我觉得你有头脑，想必会留下来，别介意她那些胡说八道。那很好，你必须想想孩子。

你知道吗？我猜我们家这位是怕你那女主人像欺负伊梅尔达那样欺负你。你知道伊梅尔达不能生育吧？这就是那个在格鲁特舒尔医院工作的好小伙最后改变主意不和她结婚的原因。他都已经让家人去她家提亲了，他们都开始讨论彩礼①了。

但是他有些担心。他们一直想要个孩子，可试了很长一段时间都没反应，她一直没怀上。巫医看了一个又一个，可都帮不上伊梅尔达的忙。你知道，她之前怀过孕（在和这个男人之前），所以她知道她能生孩子。而这个男的已经有一个小孩，所以他知道自己那方面没问题。他们试了又试，但伊梅尔达的肚子就是没有动静。

最后，一位白人医生告诉他们是怎么回事。

“你上次怀孕是什么时候？”他问她。

“没有的事，没有的事。”伊梅尔达语无伦次。想想那个快成为她丈夫的男友，他从没听过类似“嘿，顺便说一句，我差一点当了母亲”这样的话。嗯，那时伊梅尔达才知道真相，才明白她女主人的医生对她做了什么。

她月经迟迟不来，女主人带她去看医生。这个医生帮伊梅尔

① 原文为祖鲁语“lobola”，本书中的“彩礼”都译自此词。

达清理了一下，不仅把里面的东西清除了，还把她的月经也弄没了。

听了这些话，你说那可怜的男人能怎么办？他还能从她身上得到什么？如果他想要牛，他自己直接买一头好了。

就因为这事，我家这位认为你家那位是所有女主人当中最坏的。听着，我的女主人从不觉得其他女主人或者白人有多好。告诉你，那女人可不是一般人，尽管她是白人，却是一个真正的人，她有同情心。

你知道我现在住的姆丹察内[1]的房子是她买的吧？嗨，你知道吗？她可不是我妈生的，不是我亲姐妹，她只是让我干活的白人女主人，就这么简单，但是，她给我买了房子。有几个女主人会为女佣这么做？能有几个？

当然，她之所以这么对我是因为我也付出了很多。哦，朋友，我也付出了代价。你觉得两只脚走路的人会毫无回报地做这事？“没有人会平白无故为别人做事情”，店里的那个印度人不是这样告诉我们的吗？

我是有一间漂亮的屋子，里面有电有热水，但我的肩膀和膝盖却总是火辣辣的疼。干活，干活，干活，每天干到趴下为止。哎哟，挣她的钱要用我的肩膀和膝盖来换？对，是这样，没错，

① 姆丹察内（Mdantsane），位于南非东开普敦省，靠近东伦敦市，是一个黑人城市住宅区。

她就是这么干的。

哎，好长时间没看到诺姆碧妮了，她还好吧？你说不知道是什么意思？我以为你们俩是表姐妹，不是？

我很奇怪她居然没有每天上你这儿来。你知道，诺姆碧妮天生爱管教别人。她应该去当老师，要么嫁个会赚钱的老公，再生上十二个孩子，这样她就可以整天和孩子待在一起并使唤他们。

我看出来了你没受她摆布，这一定是她没出入你房间对你指手画脚的原因。我说得没错吧？

事实上，这让我想起谁上周告诉我的，我想是史黛拉。史黛拉说，诺姆碧妮说她算是吸取了教训，她再也不帮助别人了，她收留了你，但你现在却和其他女佣成了朋友。

你知道我对史黛拉说了什么吗？我说："我敢拿周六的炸鱼薯条打赌，泰妮不会让诺姆碧妮把她当孙子。"

我现在了解诺姆碧妮的为人了。如果你不满足她全部要求，她就说你不是好人。对她而言，朋友就是"到哪儿都跟着我的小羊羔，听我的吩咐，不问任何问题"。

很长一段时间她也欺负我，现在好了。女主人打电话骂了她一顿，叫她离我远点，否则她会有大麻烦。

你孩子还好吧？你把那牵肠挂肚的老幺带出来了吗？真遗憾！

告诉你个好消息，西尔维亚找了份打杂的工作，周六下午上班，薪水不错。你知道吧，先前让她干活的那只母狗只付给她一点零花钱，不过好处是周末无须服侍她吃饭，所以周六下午和周日全天西尔维亚都可以休息。

现在，西尔维亚周六下午有工作了，一个下午就能赚十五兰特。我叫她等到月末再拿钱，四个周六就有六十兰特。钱不少吧？千真万确，学生出钱多，抱怨少。瞧让我们干活的这些女人，对待我们像狗一样，事实上，连狗都不如。我的意思是大部分人。

有时我都不好意思发我家女主人的牢骚，因为她的确是一个好人，相当不错。其他女佣抱怨的都是真事、大问题。她们女主人给的钱很少，又不让她们充分休息，每天一小时，每周半天，一年仅有两周假期。而这些我都有。

这不我就成了其他姑娘嫉妒的对象了？“哦，索菲，上帝爱你，亲爱的。你怎么就碰上了一个这么好的白人女主人呢？”我听着这些话，心里思忖着她们说得很有道理。

我无法像其他姑娘那样抱怨，毕竟我的薪水不低。如果我家里发生了什么事，她要是知道了也会帮忙。如果我有麻烦不告诉她，她反而会生气。所以，你看，我真不应该抱怨什么。

我对自己说，我迟到她生气时，我必须理解她的感受。如果她不去什么地方或是她没请客人到家里来的话，我可以迟到。如果我迟到令她难堪，那么她可以活煮了我。

我的女主人为人不错，这是事实。但当她宴请邓肯村[1]全体居民，害我烧饭洗碗一直干到晚上九点时，我心里就不痛快了。

虽然我没和她明讲，但是我嘀咕了很久。我之所以抱怨是因为我不明白为何她要我去服侍和我一样的黑人。我感觉她在惩罚我。

我是女佣，他们是教师、护士、社会工作者或其他什么职业。那又怎样！我离开那个鬼地方，告别家人，到白人女人厨房工作。她开着康比小客车跑到那里把人接到厨房，她是打算自己服侍那个地区的人吗？没有，家里不是有女佣嘛。现在，我是一个服侍黑人的女佣。

我不是说她不应该谁都喜欢。但是，事实上，让我为和我一样的穷人劳累，这不公平。他们之中谁都没付我小费，一个人都没这么做。白人还会给些小费，黑人坐在那里就知道吃。他们没什么风度，尽管他们受过教育，也很少有人会对厨师说声“谢谢”。

有时我很生气，想离开这个女人。但她给我买了房子，在姆丹察内，这是一间很漂亮的房子。地板上铺了地毯，有真正的浴室，一间我能使用的浴室。你又怎么好意思离开给你买了房子的白人女人呢？

---

① 邓肯村（Duncan Village），位于南非东开普敦省，靠近水牛市，是一个黑人城镇。

我觉着这所房子像是水泥，把我和这个女人胶在了一起，水泥就是有这种功能。千万别把你的脚踩到湿水泥里，如果踩到了，一定要趁水泥干之前把脚弄出来。我的水泥已经干了，我的双脚都粘在这个女人的房子里。我的一生就这样被困住了。不过，我还是不该抱怨。

我有了一间房子，真正属于自己的房子。我们当中，包括那些受过教育的人，有几个能这么说？每天长时间的辛苦劳作之后，我们有几个人能说：我有了一间房子，自己的房子。

想到这些，我就为自己心有怨气感到羞愧，尽管女主人听不见我发的牢骚。我不应该抱怨，这么做不对。这女人对我实在是太好了。

很遗憾没有更多的白人像我家主人。白人好人实在少得可怜，坏人却多如牛毛，他们把好人都给吞了，所以我们才看不见他们，于是，我们也就忘记了他们的存在。

弗吉尼亚

人们都说，厄运成三。昨天，我的三个厄运都齐了，我的好姐妹。

首先，吃完早饭我在洗碗，那只愚蠢的猫蹭了我的腿，害得我砸了一个盘子。你说那不是厄运是什么？这还是早上第一件事。

月末从工资里扣五个兰特。你知道追究者记忆超群，这也是之前为她干活的女佣给她取名追究者的原因。她会把每一件错误的事情都追究到用人身上。五个兰特没了，你说我拿什么付房租。要是我拿其他钱付了房租，我就得节衣缩食，那我孩子吃沙子么？

厄运二：我已经为这个女人工作了五年，你知道她今天告诉我什么？哟呼！

也许我应该找个巫医看看。真的，不开玩笑，也许有人想让这个女人赶我走，然后她可以得到这份工作。你听到哪个女人说我身体发臭了？我，我为这个女人干了五年活，今天，她才发现我身上有味。

今天，我正准备把午餐端回自己屋去吃，女主人就递给了我这些东西。就在我刷完盘子之后，我听到她说：“过来，弗吉尼亚，这个你拿去用吧。”

我看了看她给我什么，天哪！这女人手上拿的是日光牌肥皂和母亲牌面霜。她一定觉察到了我眼里的问号。我嘴上没吱声，只是两眼盯着她手里的东西。

“你干活时肯定满身是汗，我不是说你不洗澡或是什么。”

我看着她一言不发，心里想：我给她干了这么多年的活，跟她同住一个屋檐下，现在这个女人把她屋里的不好的气味追究到我身上？

我从她手里接过东西，直接把它们放在水槽的窗台上。让它们在那里生根吧，她将看见鲜花，就在这厨房里。

要不是为了通行证[①]，我一定离开这个疯女人。她为人不好，很不好，心肠歹毒，从不考虑别人的感受。

跟你说，好姐妹，我完全没有胃口吃饭了。我把盘子留在房间，解下围裙，摘掉帽子，脱掉拖鞋换上凉鞋就出门了。我都没

① 南非在种族隔离时期实施通行证制度，借此控制黑人的迁移和行动，如果黑人要离开自己领地到白人居住地工作就需要办理通行证，否则会被送进监狱。

来得及想要去哪里，我就走了出去。

然后我在大街上碰到了伊梅尔达。不是有人告诉我她在那胡[1]工作吗？她在离工作地这么远的地方干什么？

你知道，当你和一个人很熟的时候，你都看不到人家的缺点。她都没来得及问候我就开始向我打听你的情况：谁会来你房间？哪些女佣是你朋友？你是不是还在为那个用胳膊走路的太太工作？她付你多少钱？

跟你说吧，她就差问我你的内裤是什么颜色了。但是，你知道的，我什么也没说。

遇见伊梅尔达是我的厄运之三。现在她想把自己丢饭碗的事怪罪到别人身上。你知道这个人过去怎么讲鸟腿女人的坏话？她告诉我们，她讨厌为这些人工作，因为这些人内心龌龊肮脏，他们不仅把她当奴隶还认为她是条母狗。今天，她把所有这些都忘得一干二净，改变主意又想为他们工作了。

你只是留在这里干活。她们俩又没结婚，你为一个女人工作，你又不和她结婚。她想要什么时候换用人就什么时候换，给钱的是她。

伊梅尔达走了，所有姑娘都很高兴。告诉你，我的姐妹，你知道她欠多少人钱吗？那个女人，她就是个骗子，一流的骗子，

① 那胡（Nahoon），位于南非东海岸东伦敦市，那胡河西岸。

总是趁你发薪水的时候编故事向你借钱。

我不知道她家里那谁谁都死了多少次了。应该剩不了几个人，她的亲戚都快没了。

最初我常给她钱，你知道那是我们的保障，互相帮助嘛。我们缺钱时又不能去银行。哈哈，无论如何我们都不去银行。我们去那里做什么？今天往里存五兰特，明天又把它拿出来？为这么点钱还可能遭银行员工的驱赶。哈！

你知道我怎么赚外快的？守夜。这一带的女主人都知道维吉[1]总是愿意熬夜加班。如果他们家的女佣休假了，或是生病不能熬夜，不管出于什么原因，弗吉尼亚总可依赖。我就靠这赚点外快。我可不会去偷和我一样流汗工作一整天的姐妹的钱。我不会为了让她们借钱给我就对她们编故事，借了之后又不还。我每天做留宿看护的工作。你知道吗？有些女主人真是掉价，知道她们怎么对待我吗？“弗吉尼亚，你在这儿不要一整晚什么事也不做。把这点衣服熨了吧！”

难以置信吧？你留夜是照顾小孩的，但就因为这女人付了工钱，她就要我干些其他的活。她们觉得看小孩很容易，小菜一碟，算不上什么活。她们就是这么想的，告诉你她们对自家孩子了如指掌。

---

① “维吉”是“弗吉尼亚”的昵称。

她们出去时，保姆干坐那里不做事，坐着的时间很好打发。她们会说："我付钱可不是请她到大房子来享受的，我们让她来照顾孩子。"哈哈。我希望她们留下来照看试试。不过即便她们这么做了，也不会觉得有什么不妥。虽然孩子们会很乖，但因为我们是黑人，所以白人孩子不尊重我们。他们情不自禁，从父母身上耳濡目染。你哪里见过小螃蟹直着走的？父母是孩子的榜样。

白人女人就这么对你。你牺牲自己的休息和睡眠来照看她们的孩子，并遭受了孩子的无礼对待，她们却认为你过得很愉快。跳舞的是她们，照看孩子的是你。但是她们固执己见，认为你过得很快活。每小时才付一兰特，她们还是很生气，觉得是雇你来享受。跟你说，如果有一天，白人女人向我要钱，因为我在她漂亮的屋里过夜并和她的乖孩子共度了一段时光，我会毫不奇怪。

白人女人一眼就能看出她给了你什么好处，而对你给她们带来的利益却从来视而不见。我的女主人总是反复提醒我，她如何帮我弄到了通行证，她觉得我现在应该跪着为她擦地擦到死为止。一张通行证买了一个人，这就是她的想法。因为她帮我弄到了通行证，她就能对我为所欲为？我就不可以离开她了？她付给我的薪水就可以比其他女佣都低？我就成了幸运儿了？"姑娘，是谁搞定了你的通行证？"当我向她抱怨时，她就拿这种话来搪塞我。

总有一天，会有这么一天的，我会提醒她是谁和办证的那个班图督察睡了一觉。我想她完全忘了这回事。

为了赚钱，我卖命工作。这钱可不是天上随随便便掉下来的。可有些人，好比你的朋友伊梅尔达，伸伸双手，就觉得你该给她，然后又忘记把它还回来。

你的女主人有没有叫你留下来照看小孩？我过去经常给他们帮忙，那是在伊梅尔达来这之前。他们付的工资还不错。如果你不能做，记住，维吉随时都可以。我知道姑娘们说了你家男主人很多坏话，她们说他对女佣动手动脚。

这个我倒是一无所知。人们说话是应该注意点，没有证据不能乱讲，说白人的坏话是要坐牢的。关于那个男人的所作所为，现在有法律。你四处宣扬说谁谁谁犯法，你有证据吗？没有？那么管住嘴巴，这是我想说的。管好自己的嘴，记住，你的嘴巴是警察，它能送你进监狱。

乔伊斯

这份工作是我妈帮我找的，但是相信我，我不会当用人太久。

我是一名学生，准备参加入学考试。可暴动之后，学校就没有真正上过课。所以母亲说："纳汤比，在事件结束之前先找份工作吧，以后再回去上学。"

你知道全国有多少名黑人女医生吗？五个，就这么多。

你看着我，好好看看。听着，我发誓，我将会是那第六个。

我观察那些雇我干活的人，看着看着就为他们感到难过。你知道，那种夫人老爷奴隶成群的日子已一去不复返了。朋友，不用多久，这些人就得学会自己做饭，自己打扫卫生，自己擦地板，自己洗衣服。

人民大众将不再遭受剥削，解放的日子指日可待，工人将领到体面的薪水。你有没有见过不是白色的面包？你能买到黑色的牛奶吗？黑人去买的话，乳酪的价格是否会便宜一点？廉价劳力是好事，但是不管黑马白马，它们吃的饲料花费都一样。

索菲阿姨的女主人在某种程度上是对的。用人应该和其他工人一样只在法定时间工作；她们应该和自己家人住在一起。如果谁付给成年女性的工资还不及一个十二岁孩子的零花钱，那他就是犯罪。

用人们必须完善自我，这点她也说得没错，但是关于怎么完善，我和她的意见却不相同。

非常感谢，但我真不想学习如何更好地把衬衫熨烫得硬挺笔直，也不想学如何摆放桌子让它看上去更加美丽诱人。我觉得任何女性都不应该被束缚在别人家的厨房里。

应该立法，规定任何人不能当女佣超过十年，除非能证明她们精神不正常而且没有康复的希望。

只有那些治疗无望的精神残障人士才可以一生从事女佣工作。女主人有责任督促用人进行自我提高，这个责任和她们所接受的服务必须捆绑在一起。

而且不能想当然地认为女佣就是黑皮肤的女性。白人女性以及各色人种的男性都应该被解放，使他们心安理得地从事家政工作。家务劳动不应该是黑人女性的专属领地，男女主人的地位不应该永远不变，黑人也应该体验一下这些身份。我们所有人都必须壮大成长，体验外部世界，活得自由。我们不应按既定方式而活。

你不是告诉我有些好心的白人女人买书给女佣的孩子吗？可这些女佣不是自己有工作吗？为什么需要别人买书给她们孩子？而且为什么这些白人女人要给不是自己的孩子买书？是不是她们隐隐约约觉得良心不安，她们是不是不确定自己付了足够的工钱？如果真是那样，哪怕一半是真的，那么买书可不是解决问题的方法。

当然，哪怕瞎子也知道白人女人一定知道她们付给用人的薪水不足以让他们养活自己，不用说给合理的工资了，只有富有正义感的男女主人才会这么做。

白人女人可以为女佣做各类事情，例如，带她去看医生，休息时让她带日用品给孩子，给她一些自己不穿的衣服，也可以为其子女出教育费用，去庞坡恩斯塔德度假时也可以捎上她，诸如此类许的许多多的事情。可她就做一些女佣有钱自己也能做的事。

哪怕白人女人要为给她干活的黑人女佣买个天堂，那天堂也会是地狱。什么都弥补不了少付雇员工钱。没有其他办法，只能加工资。

白人女人零散的慈善之举只宽慰了自己的良心，这对女佣是一种侮辱，伤害了她们的自尊，女佣永无止境地处在受恩惠的地位。她干活，就给她工资，该给多少给多少。到那时，只有在那时，她在女主人的眼中才真正长大成人。

女权运动在这个国家远远滞后，部分原因就是白人女性对黑人女性这种家长制的态度。我怎么能和白人女人这个家长成为姐妹呢？

生活就是学习。如果钱都见不着，家务劳动者又如何能学会管钱呢？两百兰特，这连吃饭都不够。想在姆达兹比租间房，租金从哪里来？孩子生病了，上诊所看病买药，医生护士还要求给孩子补充特殊食物，这都需要花钱。“给她喝牛奶，吃些水果和新鲜蔬菜。”他们不会告诉你买这些东西的钱从哪里来。哦，不会。衣服破了，孩子身体暴露在外面，他们的衣服总不耐穿，裁缝使用的布料轻薄如纸，缝制的衣服容易破，他们这么做的话，隔不了几天你们就得再上那儿买衣服。还有孩子上学的费用，孩子上学需要花钱，买油炸圈饼[1]和冷饮也要钱。孩子不交钱的话就上不了学。你辛辛苦苦赚的钱，却没花自己身上。别忘了，上教堂还要费用。哦，不，在厨房工作的女人从来就没钱。这个女人做的可不是兼职，她每天都在工作。她住在工作的地方，某种程度而言，她一天工作二十四小时，休息和睡觉除外。幸运的话，她每周有十个小时跟家人团聚，一个月就赚那所谓的两百兰特。

不要和蔼可亲，也无须为女佣买这买那，直接把好意变成工资，变成她每月应得的可指望的每一分钱。不管你孩子是不是患

---

① 原文为阿非利卡语“vetkoek”，是南非传统食物，里面可夹各种馅。

了水痘，还是你需要换副有色隐形眼镜，也别告诉我你丈夫的奔驰需要保养。

白人女性不这么做，女佣们即便有了工作也无法摆脱贫困。我听腻了人们说这个女人给女佣买房。女佣打扫的房子，就是这善良的白人女人及其家人现在住的，是谁买的？你有听过她的老板或是她丈夫的老板到处宣扬他给员工买了房子吗？他们怎么不说？

这是因为老板可能压根不知道员工的家在东南西北哪个位置。这不是他该操心的事情，除非他们是朋友。我们怎么就成雇主的朋友和家人了？我们连自己的亲情都被剥夺了。

白人工作，赚钱，生活。

我们也工作，我们赚的却少得可怜。我们苟延残喘期待着有一天能有真正的生活。但是，这一天永不来临，我们贫困至死，希望只是希望。

相信我，我说我不会干这种活太久，我是认真的。我宁愿自杀也不要一辈子当保姆。我母亲是用人，她母亲也是，甚至连她母亲的母亲，母亲的母亲的母亲也是如此。四代为仆，够了，不用再接续了。我拒绝为奴。

每次想到自己蜗居在他们称为保姆房的盒子里，我就问自己在这里工作的女佣怎么就没发狂，想想你睡觉的房间，四面围墙看起来随时都会逼近、压迫你。然后我想到附近工作的女人，有些人早已青春不再，可为什么她们还在这儿？

你有没有注意过深夜里的那些男人，他们身为父亲却大晚上丢下孩子不管，在附近商店消磨时间，等白人睡着后再偷偷摸摸地溜进妻子或女友的房间。

早上，看女佣们穿着制服送白人孩子上学，那个场景真是壮观。你就没反问自己谁送黑人的小孩上学？白人女人知道为她工作的黑人女人也有孩子。既然心知肚明，他们怎么就不为她屋里的母亲想想呢？这个母亲从没见过孩子上学，孩子放学回来，受到伤害，真也好假也罢，或是孩子这一天过得不开心，她都无法陪在他们身边。

很多情况下，黑人女人是管家。但在白人女人看来，她们却是孩子，甚至连孩子都不如。孩子会长大，而用人至死仍是孩子。当黑人女人照料的白人小孩长大成人，他们会和父母一样把女佣当成孩子对待，安稳地过日子，忘却家务工作的辛劳。

白人女性会成长，她们可能成为杰出的作家、高尔夫冠军、知名时装设计师、主管，或是任何人物。但是为她们做牛做马，给她们时间耽于幻想，并尽最大可能帮其实现梦想的黑人女性，却无人赏识。“时间就是金钱”，我们不是这么说吗？黑人女性付出这么多时间，可她应得的报酬在哪里？

黑人女性为白人女性工作，给她时间，那时间可不只意味着金钱。那是自由，白人女性获得这份自由就可以成为她想成为的任何人。但是，她却看不到黑人女佣对她的恩惠，黑人要求的回报少之又少，就是免于匮乏的自由和努力工作的正当报酬。

“给佩妮洛普读个你们科萨人的故事吧。”我为之干活的那人觉得这是在表扬我。叫我给她女儿辅导科萨语，又不付我额外的工资。好吧，那是我的母语，她愿意学我很高兴。但是你能想象如果我母亲叫她主人教我英语情况会是怎样？厚颜无耻。当然，我可怜的母亲压根就没想过要让女主人这么做，但是女主人觉得剥削用人是天经地义。在我的业余时间，我必须给他们家孩子读故事，提高孩子的科萨语水平。我现在之所以在这里，是因为本应上学的我没学上。不过他们不会想起我还是个学生，我的学业被中断了，我也想念学校。不会的。即便他们意识到我会读书认字，他们想的也是我如何能帮助他们的孩子。他们的孩子就应该上学，在学校表现出色。我呢？什么都不是，就是一头干活的驴。我就跟他们说我不擅长阅读，也不喜欢故事，他们就不再要求。我等着哪一天他们来问我会不会辅导英语或数学。

我想知道如果我告诉他们下周五我不上班会怎样。下周开会，学生、老师还有家长将被召集起来。我必须参加，做决定的时候我想在场。我想知道接下来会发生什么事，这样我就能制订合适的计划。我可不想二十岁生日那天我还待在这里，离开这里只有一条出路，那就是，走出去，到外面去！

莉　莲

孩子啊，如果我还像你这样年轻，我就回学校上学，去读夜校。干我们这种奴隶活可没前途。看看我，头发花白，满脸皱纹，风湿病缠身，早上七点我就去室外门厅跪着擦地。我的膝盖在水泥地上咯咯作响，而我服侍的孩子却躺在床上喝咖啡。

他们也不想想是谁把咖啡端到他们床上。我，垂垂老矣的我。六点之前，我就得起床梳洗。六点整，他们要在床上喝咖啡。他们躺在温暖的被窝里，从我皲裂的双手中接过咖啡，竟然毫无愧疚之心。我都可以当他们的祖母了。不过，白人不尊老。对他们而言，老就是无用。他们也是这么看我的，毫无用处。

我在厨房干了多长时间，都多少年了，今天他们来告诉我说刷子不好用。“莉莲，”那女孩说，“你知道吗？抽水马桶下水处那个拐角，刷子放不进去，里面的脏物弄不出来。”

我有预感她跟我说的不是好事。我等着听她解释。我知道她休息时跑到我房里来肯定不是为了告诉我刷子不够长。

“我想你拿块抹布，把马桶四周擦一擦，用些洗涤液，多用点。”

那时我才明白她是什么意思。布不是比刷子更糟糕么，布使得上劲吗？布能比刷子刷得用力，比刷子还长？

你知道这孩子叫我做什么吗？要我用手，我的手，伸进粪便下水口。我的手肯定会碰到大便，不是我自己的大便，听着，她说的可不是我的厕所。

我都这么一大把年纪了，我还得用手去抓成人的大便。这些人，他们付你工钱，就不把你当人。

看看我睡的房间，十字路口那个锡皮小屋[①]也比它好。小鸡待在里面都会窒息，你想它有多小。但我是个仆人，哪怕他们把我推进美其名曰用人房的棺材，我也不应该有眼力瞧得出来。他们怎么不让我住车库呢？那里空间更大，尽管已经停了两辆车。

我希望将来有一天，白人也过过我们这种生活，哪怕一天也好。他们会像苍蝇一样死去，他们会高声尖叫，会发疯，最后死于疯狂，他们会的。我们是够坚强了，这样子居然还能活下来。

你知道她喜欢我什么吗？她说：“莉莲，你真好，客人来时，我一点也不需要操心，你都知道怎么应付。感谢上帝，你这么有

① 原文为阿非利卡语“hokkie”。

经验。”

可她也不想想这经验从哪里来。那是我用皱纹、伤痛，还有年龄和长时间的劳作换来的，经验就是这么来的。如果她明白经验是这样产生的，她就不会叫我早上七点去清理门廊，也不会六点钟就嘱咐我端咖啡到她床上。经验可不会让手沾屎。

她操心的是客人来时做饭的食材或是其他东西够不够，这才是她考虑的问题。

我关心的却是我得洗多少碗，我得全程笑脸相向。当他们说我好话或夸我厨艺棒时，我得说多少次“谢谢你，夫人；谢谢你，先生”。每次我心里想的是让我这把老骨头上床休息一下吧，但当他们对我给出不知从哪里冒出来而且也不是很真诚的微笑时，我还得挤出笑容。我边笑边问，自己什么时候成为他们的朋友了，或是什么时候成了幸运儿赢了七月的赛马[①]了。

我为她母亲干活，并把她从喝奶的婴儿照顾到成人。现在她的狗都吃得比我好，她花在猫粮狗粮和宠物其他方面的钱比我的工资还多。你说在她眼里，我是不是还不如一条狗？

我的儿孙吃得都不如她的猫，真的，跟你讲。但是我被困在这里了，我不能离开。女主人，也就是她妈妈，离开时，把我的

① 这里指南非赫赫有名的“德班七月让磅赛”（Durban July Handicap），该赛马比赛已有一百多年历史，最早始于1897年，在每年七月份的第一个周六举行，奖金丰厚。

养老金交给了她，就是这个孩子，我现在服侍的这位。那是我的钱，即便是等到死，我也要等着。我将在等待中死去。那个母亲到英国去了。

这么多年来我为主人，也就是这位的父母，勤勤恳恳工作。每次发薪水时，他们总是说："别担心，莉莲，我的姑娘，等你老时你就什么都不缺了。我们帮你把钱存进了银行，每次付你工资，我们都会拿出一部分的钱放那里面，它会越积越多，这是为你存钱养老。"我现在还不老吗？

天啊，老天干吗要这么对我？为什么他要带走男主人？那可真是一位圣人，既善良又和蔼。我敢说把钱存银行肯定是他的主意。夫人么，她也不错，但比较抠门，她肯定不会有这种给我钱养老的念头。不，不是她的主意。她是还不错可心地不够善良。但是，也对，上帝怎么会要她这种刻薄的人呢？不是都说美好的事物才会被众神带走吗？没错，我们喜欢的他们也想要。

伊梅尔达去哪里了？她有给你打电话吗？什么？从来没有！你知道，伊梅尔达真是个有趣的孩子。她和你同龄还是比你大点？我知道她不可能比你小。得了吧，你觉得我会相信？

你什么时候找个年轻的小伙？哦，我得给你一些忠告。我都大到可以做你母亲了，孩子。如果你不想惹上附近的这些男主人，包括你们家那位，尤其是他，你得找个男人。

伊梅尔达就是这样惹上麻烦的。原先她不会对任何男人都表示顺从，但是有一段时间她每晚都留下来照看孩子，之后就变了。留宿时一定要当心，特别是当女主人不在的时候。自问一下父亲既然在家，那要你留下来做什么。你动脑子想想，你就会发现自己照顾的是长胡子的孩子。我不信任瘦腿女人，你家女主人，我觉得她肯定知道她老公和黑人姑娘的那点事。

但是，为什么她允许自己老公和姑娘们乱来呢？我敢肯定她知情，但是不明白为什么她放任不管，还假装没看见。

可怜的伊梅尔达，我不是很喜欢她，但我必须说我很为她感到难过。是的，我为她心痛，特别是因为那件事，她差点小命不保，你听说那事了吗？

事情发生在她为无腿女人工作一年左右。她装得像自己没有七情六欲。牛奶工，她拒绝；园艺工，她也不同意；去花店工作也不行。索菲的丈夫，班图管理办公室的职员也拒绝。别拿那样的眼神看我，孩子，男人就是条狗，他们总想左拥右抱。我们老祖宗那个年代就是这样了。

好了，孩子，我又不是三岁小孩。伊梅尔达肯定对谁点头了，我看她背部挺直两腿分开，身体有些僵硬，强壮无比，看起来能承载重负。

不过，我不想提前说破，我等着事情自然发展。我睁大双眼等着，我等啊等，啊哈，她开始白天晚上都穿长罩衫，哪怕不上班也这样。

然后她的双眼变白，非常白。眼睛变白，白得像婴儿的眼睛一样，那通常是一个征兆。

知道吗？你们主人，那个女的知道了。听着，我又不是孩子。他们带她去看医生，故事就到此为止，孩子。那女人的腹部平坦得像有人拿熨斗熨过一样，非常平，平得像荒废已久的屋子里的一只虫子。

不过她差点因此丧命。那也是最后一次她的眼睛白成那样，可怜的伊梅尔达。

接下来她准备结婚，然后婚事告吹，再后来她对所有男人都有求必应。她和这里半数的男人睡过觉。有个男的老婆还从老家赶到这里，在你工作的地方大吵了一架，把警察都招来了。

我听说，即便现在，只要是穿裤子的男人，伊梅尔达都来者不拒。

我警告你，你得为自己找个男人。如果这个怪异无比的女主人的丈夫晚上听不见从你屋里传来男人的咳嗽声，他就会有所企图。这点我向你保证，将来可别说我没告诉过你。跟你说，这种事我可见多了。

我女儿有过一个男主人，也和你家这个一样，她都害怕和他共处一室，像他那样的白人男人总会找借口和女佣搭讪。他们有老婆，老婆可以吩咐女佣干什么活。可是，不，他们要亲力亲为。有时，他们会到用人房里来，不管白天黑夜，什么时候都有可能。

到那时你就知道他们有多坏了。他们找女佣干吗？女佣的事情不是女主人才该操心的吗？

但我女儿为这户人家工作时已经成人。她一直和丈夫住在一起，所谓丈夫就是还没给彩礼的混血非洲人，想不给聘金就娶老婆。我女儿的丈夫就是这种人。他就是一条狗，可怜我那孩子累死累活长时间地搞卫生，而她丈夫却不知道孩子要吃要喝。所以她不是小姑娘，她知道怎么照顾自己。

我训练过我女儿，她什么事都会，她甚至还能烤蛋糕。当我家夫人，就是跑去英国的那个，也是现在这位的母亲，夏日有人来访时（你知道有多少乡巴佬会从比利陀利亚成群结队来到这里的海滩玩耍），她就会叫我找女儿来帮忙。这样我也可以防止她在六个星期的假期里瞎胡闹。待在我身边帮忙，她也能拿到一笔不菲的工资。

等到她长到十五岁不再上学，搞卫生，做饭，洗衣，照看孩子，她已经样样都会。女主人给她写了推荐信，她毫不费力地找到了工作。她现在做的是她的第二份工，我想，她会为这些人干到死吧。她在法国大使家干活，那些外国白人不理会种族隔离。所有在厨房工作的人当中，我知道，她的工资最高。

如果这个无腿女人想欺负你，记住，我女儿和所有大使馆都有联系。她甚至给她大女儿在另一使馆——美国大使馆找了份工作。她女儿不在厨房工作，她只有专科文凭，但在使馆办公室负责泡茶。你认为如何？

在这里的厨房干活，我们什么也得不到。如果我告诉你，那些人给我那个在使馆给人泡茶的外孙女一个月多少钱，你肯定会晕倒。那孩子一星期赚的钱比我一个月还要多。朋友，她还有养老金，工资袋里看得见的养老金。她的薪水都装在一个袋子里，上面写着她的名字。拿工资的时候，没有人会叫她并用一种非常冷淡的口吻说："拿去，莉莲。"然后再问你一句："你满意吗？"好像你什么也没做她就给你钱；好像你没有付出，没有流汗，她就给了你报酬。当然你所能做的就是脸上露出笑容然后回答："当然，小姐，我很满意，小姐。"对吧？

你有没有注意到这些女人一到付钱时就收起笑容？你能看出她脑子里在想：我为什么要付钱给这个班图女人？她早就忘记你流的汗，你的膝盖，你手洗衣服时红肿的手腕。你那因熨衣服长出水泡的双手对她来说什么都不是，她只是为她付给你的兰特难过。这就是为什么有些女人总找借口扣掉一部分你应得的钱。一到月末，你就能听到白人女人各式各样的借口："什么东西不见了。我见你打破了这个盘子。你对男主人的蓝色领带做了什么？"然后，你就知道，她想吞掉你的工资。我们就是为这些人工作。

我？孩子我不是骗你。如果我像你这样的年纪，我就去上夜校。我要学习，然后做出点成就。厨房的活是奴隶干的。我们活着就是为了干活，就是这样，别无其他。这可不是生活，根本不是。

阿提妮的回想

我去了东伦敦[1]，尽管我没有在那里工作的通行证。我知道那里很多女人都有相同的烦恼，未经允许，在城里工作总有被逮捕的风险。可是，如果她们留在村里，就有可能小命不保。你知道的，食物匮乏，人们死于饥饿。我走投无路了，只好学习别人的做法。东伦敦是离甘谷鲁鲁[2]——我丈夫家人生活的村庄最近的大城市。

谁都不知道我要离家出走，连我自己都不知道。尽管之前设想过多次，但我不知道自己会在什么时候，如何付诸行动，也不知该去哪里。直到那个夜晚，我突然醒悟并非常确定那是我力所

---

① East London，南非港口城市，位于水牛河（Buffalo River）河口，濒临印度洋，属于东开普敦省。

② Gungululu，南非东开普敦省下属城镇，靠近东伦敦。

能及之事。我能做的就是当一个好母亲。我知道如果我当初不这么做，那么今天我的孩子一个都不会幸存于世。也许，我也活不下来，我们都会就此饿死。

我不识字，既不会读也不会写；我也没有通行证。这两者对任何人来说都是前进路上的巨大绊脚石；对我而言尤其如此，我有五个孩子而且有个永远不会对自己唯一儿子说不的婆婆。

我的孩子相信我还活着。我的确活了下来，但是生活于我不是舒适的羽绒床褥，远非如此，现在我肩负着不同的重担。我每天节衣缩食，然后每月把钱寄给村里的孩子。大的三个仍留在那儿，只有两个小的跟着我到了这里。他们在姆丹察内和一个专门照看婴幼儿的女人住一起，休息时我就去看他们。当然，我也付那妇人工资，我没说我给她的钱足够多。我上哪儿弄足够多的钱呢？我本身赚的就不多。足够不是对我们这些人而言的，对我们而言这个词只有一种意思，那就是麻烦足够多。食物，钱，衣服，儿童图书，房子，婚姻，医生，统统都不够，麻烦倒是绰绰有余。无论你怎么看都是如此。靠月底拿的那点钱，我买什么能够？但我还是拿出一部分钱交给她，再拿出一部分钱寄回我孩子生活的小村庄。自那夜我趁孩子熟睡离家出走已有两年零八个月，也就是说我已为瘦腿女人工作了两年零六个月。在这么长的时间里，我只回过村里一次，就是那一次我把希兹威和婴儿坦迪维带到了东伦敦。而在那之前，我有十二个月没见到孩子。

诺玛柯薇姿现在成了家里的女主人，她负责为弟弟安德莱和妹妹诺姆索做饭，也教他们干活。看到他们自己能照顾自己，我感到很欣慰，虽然玛娜拉——我婆婆，也会照料他们。孩子们告诉我，自打我离开，她每天都到我家来。我想，对于她而言，我这么做是歪打正着，要不然她什么时候会明白那些是她的孙子孙女呢？她总想和我保持距离。但是现在我也不抱怨了，她对孩子很好，我相信我们比以前更亲近了。

孩子父亲也回过家。他第一次回来发现我走了时，拉长着脸去了我娘家。我们村子里的人都嘲笑他，就像亲眼看见他在大庭广众之下被脱光了裤子一样。“几年前你带着我们女儿离开，”他们说，“现在在她给你生了这么多孩子后，你们有矛盾了，你就来找我们？如果她不好，我相信你在带走她的前几个星期就会找上门来。你一定是个差劲的老公。”

我家人就是这么对我丈夫说的，他们说他离开时宛如一条狩猎时被狼咬伤的狗。很不巧，我回去时他刚走没几天。也许这更好，他能对我说什么话呢？我又能和他说些啥？他在村里待了整整一个月，我回去时他走了不到一周。我想告诉他点什么，但是我们在吵架，我又不会写信，我能怎么办？不过没关系，我相信他应该能理解我为什么这么做，除非他比我想的还要笨。

是不是这座城市的所有女人都包裹着秘密，还是我眼拙看不出区别？她们是不是也满腹惆怅？还是因为我自己心里抑郁悲伤，所以看别人也是如此?

那个初次见面就确信自己不会久留这里的女孩，现今仍在这里。时间对于我们就像一条在宴会里吃饱喝足然后回家的变色龙，走得出奇得慢。她说她在申请实习医院，想学习如何做一名护士。这只是权宜之计，她说，拐个弯再去当医生。我祝她好运并祈祷她能成功。不过我知道很多女佣都在背后嘲笑她，她们不认为她真能离开这里。她们说她应该忘了她的学业。也许她们说得没错，如果她母亲死了，谁来给她出学费呢?

她只比诺玛柯薇姿大四岁，也许这就是我愿意相信她能实现梦想的原因。我对我的孩子也心存梦想，尽管我没有告诉过其他人。梦想就像是秘密情人，一旦暴露，他们就会逃之夭夭，无处可寻。我把它锁在自己内心深处，晚上独自一人时拿出来瞧瞧，然后，它就会像魔镜一般发出璀璨的光芒，让我对明天充满无限的希望。

老妇人拿养老金的希望最终还是落空了。运气不好，她那个年轻的女主人，就是她一手带大，母亲去了英国定居的那个，可怜的女人，她已经死了，死于车祸。一个司机醉酒驾车撞上了她，虽然错在对方，可上帝却带走了这个女人。我想生活真是不公平。

更不公平的是她压根没有在遗嘱里提到女佣。现在这个可怜的老女人正等着男主人哀悼完毕，到时再提此事。她想要他写信给他岳母——她的前女主人，找出养老金所在。同时，她说她也到了领政府养老金[1]的年龄，可她害怕申请，领过的人都说那钱少得可怜，而且人人皆知一旦领了政府养老金，那他的死期也就不远了。养老金就是厄运，所以她想继续工作，但又不知道男主人还要不要她。如果他不留她，那就糟糕了。她现在走路膝盖都咯吱作响，试想还有哪个白人女人会雇她？老婆死后他还没说他将如何打算。所以她就等着，憧憬着。我们怀揣希望就像水手随身携带救生衣，如果没有希望，我想我们都在博福堡[2]了，那里关的都是些精神失常的人。

我刚来时认识的女佣有不少已失业，她们去了其他地方干活。一个女佣跟着白人一家离开了这里，两三个女佣在白人走后被留了下来，包括那个老是跟我们讲权利的女人，她和家人移民到了海外。他们甚至把阿猫阿狗都带走了，可谁都没说要带女佣一起走。这就证明用人无足轻重。不管你和他们待了多长时间，不管他们一天说多少次“噢，希拉，我们爱你，没有你我们都不知道如何是好”。他们做决定时会想到他们的车、狗、猫、房子、朋友，一切都考虑进去了，唯独不考虑女佣。不对，他们也会想到女佣，他们想到留一些他们带不走的破家具给她们。孩子成长时曾在这些家具上蹦来跳去，猫早把家具上的油漆刮得一干二净。

① 原文为“nkam-nkam”。

② Fort Beaufort，南非城市，位于东开普敦省，该市设有多家政府医院，其中一家为精神病医院，为全东开普敦省提供精神病护理和社会心理康复服务。

女佣还得在脸上挤出大大的笑容对他们表示感谢，而这些东西她自己都会当破烂扔掉。

当然我不是说女主人过的就都是好日子，她们有自己的麻烦，我指的是，和女佣们的麻烦。拿里德太太来说吧。

第一天和她在一起时，她的软弱无助就给我留下了深刻的印象。对这个女人而言，女佣可不是为她干活的另外一个人，不是。里德夫人的姑娘很快就会明白女佣是女主人的延伸：是她的手臂，她的腿，她的眼睛。这个女人最活跃的部位是嘴巴，她一天二十四小时都在发号施令："做这个，做那个。"

我离开襁褓中的婴儿到这座城市打工，我发现了什么？我发现我在为另一个婴儿工作，一个成人巨婴，也就是里德夫人。这个女人真是毫无用处，我都好奇她怎么能自己洗澡，擦身子，穿衣服。

其他女主人还会活动活动双腿，她可不会。"到花店去给我买束剑兰，如果没有就买束金盏花。"这也是白人女人令人奇怪的地方，她们讨厌事物天然生长。草原上的花，原本能呼吸新鲜空气，享受阳光和自由，她们却硬要摘下来把它们关进房里。花儿和我们一样，也别无选择。

住在郊区的人本可以通过电话向屠宰厂订肉，可为什么不派女佣去呢？这样更便宜。现在我对各种肉都一清二楚了：肉片，排骨，牛排，还有天知道的其他部位。就因为她图省钱，舍不得像其他女主人一样电话订购。我给她买肉。我把她的鞋子拿到鞋匠那里，把她的衣服送到洗衣店。她儿子生日时，我代她去CNA[①]商店买贺卡。“挑张漂亮点的。”她说。她自己坐在电视机前看电视，我却拖着刚打扫完房间累得要死的双腿到CNA商店去。她知道我不识字，就说：“叫那里的工作人员帮你。”这个女人连写张字条解释一下需要什么都懒得做，而只会说蹩脚英语的我却必须跑出去为她儿子买漂亮的生日贺卡。

但是请了女佣，白人女人的日子也不见得愉快，家里收留一个完全陌生的人可不是件好玩的事。不是所有的女佣都是好人，我就见过很多我都不愿收留在家的人。但是由于这个白人女人总告诉自己并相信自己需要用人，所以当她急需时，任何送上门来的人她都会要。

我确信我听到的故事中有一些是真人真事：女佣偷窃主人财物或是帮助别人入室抢劫；女佣偷穿女主人的衣服；女佣对男主人投怀送抱（通常在男主人的鼓励之下）。当然，这不表示所有的女佣都如此模样，不过我理解女主人开门接纳黑人女人并完全信任她所带来的问题。例如，她把孩子，家里的一切事物，生病和出事时甚至把自己的生命都托付给她们。怪不得女主人脸上总是一副忧心忡忡的表情。

① 南非一家知名的全国连锁商店。

一旦有过和女佣相处不愉快的经历，女主人道听途说得来的关于女佣的任何坏事都会得到确认。自此以后，为她干活的女佣，每天不论她在干什么，都会觉察到女主人追随其后的焦灼目光。“洗了多少件衬衣？”女主人边问边数着刚熨好的衣服。对于女佣来说这是最糟糕的事情，她什么也没做，却要不断遭受怀疑。这提醒着她，对女主人而言，她不仅代表她个人，她还是群体中的一员，这群体可不是什么好群体。

为什么女主人不能把女佣看成是独立的个人？为什么一定要等到女佣证明她不是这样的人才正确地对待她？给新来的女佣多一些信任不是更好吗？难道她会做出不值得信任的回应？如果她知道别人把她当小偷看，那她为什么不偷呢？

是的，白人女人觉得她们自己什么也不会，并就此把自己和黑人女人绑在一起。或许这样她们就能保护其柔软的双手，她们就有时间打打电话聊聊天，去去美容院，她们是如此需要黑人女人。她们在家中对我们的需求超过了对我们的憎恶和怀疑。她们是休闲和奢侈生活的奴隶，而这种生活需要仆人提供。没错，她们和我们一样都是奴隶。我们相互需要，相互依存地活着。

那日我丢下孩子悄悄离家出走，心里真是悲痛万分，要不是想着得为孩子赚钱，我宁愿自我了结。他们是我留在这里的唯一理由，他们是我能继续从事这份筋疲力尽工作的动力。至少它能让他们活下去，为了我的孩子，我愿意被厨房工作一天天慢慢煎熬至死。要不我怎么舍得抛下他们呢？

因此，我们所有的女佣都说相同的话：尽管我们的工作没什么盼头，但总胜于一天不干活或一周不工作就会有人饿死。我们工作，送孩子上学，希望能活着见到他们成年。

与此同时，我们也在白人女人的厨房欢笑。我们之所以笑是因为如果我们不笑，我们不知道还能做什么。哭吗？哪个女佣又能帮别人擦眼泪？

我不会再问地狱是什么。因为我知道我现在就身处其中，因为我明白这里所有的女人都感同身受。当然，她们会使用不一样的词汇，有些表示愤怒，有些表示悲伤，有些表示遗憾。我也听到过一些溢美之词，但是，在内心深处，所有的词语讲述的都是相同的故事。我们是白人女人厨房的奴隶。

我就是这么认为的。我逃离饥饿的地狱，衣衫褴褛，抛下生病的孩子。我来这里工作就是为了让他们有饭可吃，有衣可穿，有学可上，病重时有钱治病。现在，我发现我身处另一个地狱，我成了一名奴隶。

我见不着我为之卖力工作的孩子，对他们来说很快我将是个陌生人。我挣的钱满足不了我上这儿工作的一半愿望。

但是并非只有我一人如此，其他的女性也和我一样饱受苦难。那就是我们笑对问题的原因，就是这个原因。我们有千千万万的烦恼，它们都是如此相似，白天黑夜，噩梦一般搅得我们不得安宁，所以我们只好一笑置之。

但是夜深人静，独自一人时，女人想起这些问题就无法入睡，她会潸然泪下。之所以流泪是因为她觉得自己无法逃离这个地狱。

我也听到一些好消息。

上帝的行事风格是不是很奇怪，很令人惊叹？乔伊斯告诉我她获得了一笔奖学金，她将去国外留学。如果她学得好，他们会帮她成为一名医生。噢，我真为她高兴。看吧，你必须意志坚定。如果你知道自己要什么，只要你不放弃，总会有办法。

第二部分

其他故事

逃　离

“拦住！人！”[1]阵阵喊叫声打破了山谷中一座村庄的宁静，该村呈碟形，四面青山环绕，山上灌木丛生。

回声从山顶反弹回来，在空中相撞后跳开，继而落入越来越混杂的噪音中，侵入我们耳朵，盖过了其他的声响。

“快快快！”[2]

骚动，似一块强力磁铁，把我们的注意力从刚刚在玩的布娃娃身上吸了过去。

“吵架了！”

① 原文为“Khawulele！ Wenk' umntu！”前者为南非祖鲁语，后者为科萨语。

② 原文为：“Weh weh weh khauu khauu khauu/ leh leh leh leh tuu tuu tuu！”

“抓住她！”

“联系你，谢谢！”[1]

一个身材矮小，头上戴着用弹力羊毛卷成的灰白帽子的老头，踉踉跄跄地走了过去。他看起来很着急，都恨不得跑起来。他左手紧抓着随意裹在身上的毛毯，右臂和肩膀像穿长袍那样伸了出来。随着步伐的加快，这只瘦长满是骨头的手来回摆动着。他把手里的圆头棒高高举起，嘴里每喊一声“抓住她”，那只拿棍子的手臂就伸出来，指向山顶。

我顺着他指的方向望去，大山正和太阳或云朵在玩捉迷藏的游戏，至少有半座山已不见身影。我把视线投向余下的半座山，远处，因距离而缩小了的人们正疾走狂奔，奋力攀登。

最前面的一个人健步如飞，宛如一只被狗群穷追不舍的兔子。我看到云也没闲着，它成了这场游戏的第三方，它的参与使游戏发生了本质性的变化。

那天，我清楚地见证了上苍之泪的诞生过程。云哭了，温柔的雾泪洒落到寂静的大山里。这位正在狂奔的人能得到雨雾及时的庇护吗？太阳露出了笑脸，太阳的孩子——一束束又长又热的黄针把雾给刺破了。

我内心翻腾，肚子里像是裹了个滚烫的火球，心惊胆战。但

① 原文为科萨语：“Iii-ii-iiiii Wuu-uuuuu! /Mmbaaa-mbeeehh-ni! /Qhaaa-wuu-leee-laani!”

是云朵也不甘示弱，又哭了起来，又大又重的黑灰色的雨滴箭一般落下。雨帘又厚又沉，把她完全包裹在里面，追捕者们找不到她。

“她去哪里了？”①

我听到了叹气声，这是那些决意要抓住她的人发出来的。我屏住呼吸，和她一样紧张，我希望她能够从他们手中逃脱。我敦促她不断前进，前进，再前进。

这是我看到的关于她的最后景象：随着距离越来越远，光线越来越暗，蓝色的德国印花裙子变成了天空般的淡蓝……远处的她从一块鹅卵石跳到另一块鹅卵石，新妇穿的长裙遮住了她的双脚。她快速奔跑，如在空中行走一般，身体任何部位都没有着地。

她就这样飘然离去，后面的男人步履沉重。

我看着她钻进雾里，等她进去后，雾帘又合上，就像鱼儿钻入水里，丝毫没对水面造成干扰。雨雾重新调整了一下自己，接纳了她，把追赶她的人隔在帘外。

我压根儿就想不起她的模样。事情发生在很久之前，也许她也没和我们待多久，我不知道，但她离开时的情景，我却记忆深刻。我之所以记得是因为从中我知道了什么叫决心，什么是意志。

---

① 原文为科萨语：“Uye phi？　Uye phi?”

她很年轻，是一位新妇。她的丈夫，是我叔叔，长年在矿上做工。我们村所有的男人都在矿上打工。事情发生之后很久，当我不再懵懂无知，而是对世界有些认识时，我知道他们一年在外的时间是十一个月。但是，很久之前，在那胆战心惊的一天，我对此一无所知。

那时应是中午，因为太阳高挂在天空，孩子们都在外面玩耍。孩子指的就是年龄尚小，还不能去泥墙草屋上学的我们。

我知道我本该为失去一名婶婶感到难过。我知道她是一位很好的新妇，她很会做饭，卫生也搞得很干净。她的到来免去了我们小孩不少家务。为了使新妇适应新角色，他们让她做牛做马。我知道我本该同情叔叔，因为他不仅失去了老婆，而且还损失了一头牛，那是他娶她的彩礼。

但我只记得看着她消失在灰蒙蒙浓雾中时心中的那种兴奋。

一周中最激动人心的一天

周一，上学；周二，上学；周三，还是上学。周四，周五，课更多，但周五还是与众不同。

周五这天总有事情发生。自孩提时代起，任何重要的事情都发生在周五。当然也有例外，这在逻辑上很好理解。葬礼放在周六，婚礼通常在周日，巫医的舞蹈不是周六就是周日，但周五总是热闹非凡。这是繁忙的一天，充斥着各种噪音、汗水和气味，那天日子出奇得长，充满各种乐趣和馈赠。早上上学的闹铃还没响，一天的生活就开始了，一直持续到平时上床睡觉之后很久。周五丝毫没有往日的沉闷死寂，它璀璨如宝石。

持久刺鼻的气味像长了指头，闯入鼻腔，蔓延至头脑，迫使我睁开了双眼。醒来后我躺在床上慢慢吸气，沉浸在高粱发酵后辛辣的气味里（借口[1]而已）。

眼睛渐渐聚焦，我看到了两个大桶立在对面的墙角，黄褐色的液体沿着它们苍老而又锈迹斑斑的脸颊弯弯曲曲地流淌下来。有些颜色较深，几乎和桶锈同色，它们正诉说着桶内无法遮掩的秘密。桶里的啤酒翻腾着，汩汩响了一夜，最后终于按捺不住内心的欢喜，翻过桶檐，沿两侧泡沫般地倾泻下来，在这边结成壳后又沿那边往下流，风干后却如出一辙，留下了杂乱无章小柱子状的黄褐色脆皮，厚薄不匀，长度不一。

我一声不响安静地躺着，轻柔的嘶嘶声传进我耳里。“嘶——嘶——嘶，嘶——嘶——嘶”，啤酒急于结束旅程，完成它的使命。我想象着它在祈求，当然是用它自己的语言：“请放过我，放过我吧。”我对它深表同情，因为这话也正是我想对母亲说的。虽然我没看到她的人影，但我知道她无所不在。即便此刻，一想到她，我和啤酒的交流就被打断。一个人除非聚精会神，环境非常安静，否则就会听不见啤酒说话，耳朵拉得再长也无济于事，因为魔力已被打破。沉默才有回报。不久我就听到门咯吱被打开的声音。

母亲的身形跃入了我眼帘。她拿着两个四加仑的罐子，罐子像崭新的银币那样闪闪发光，她哐哐当当把它们放在桶旁。一个罐子张开了嘴，她往罐嘴里放了一个盆状的金属过滤网，圆形的

① 原文为科萨语“inkoduso”。

滤网放在四角的罐嘴上，马马虎虎也还契合。

母亲卷起袖子，从桶边旧报纸上拿起一个两品脱的金属勺，把它放在过滤网上，然后拿起两桶之间的薄板靠墙放好。她打开其中一个桶，把板放了进去，开始搅动，水平面和母亲两只丰满的手臂刚好组成一个三脚架的形状。

啤酒提高嗓门表示抗议，原先羞涩的低吟不见了，随着母亲持续的搅拌，传来的是又粗又尖的嗖嗖声。啤酒变稠了，里面放了很多原料，有玉米、高粱芽和酵母。木板跟随母亲的身体在转动，她的双臂像在噗噗作响的桶上画圈圈。

板被拿了出来，母亲沿着桶边把它从这头刮擦到那头，并再次把它靠墙放好，板的侧面湿漉漉的。母亲弯腰站在放了过滤器的罐子旁，拿起勺子，把它伸进刚才搅拌了半天的桶里。由于装得太满，啤酒从勺子四周溢了下来，在外附了一层薄膜，母亲把勺里的啤酒倒进过滤网。

顿时传来滴滴答答的声音，那是啤酒经过筛孔敲打罐底。母亲又一次舀起没过滤的啤酒倒进筛子，这样重复三四次，筛子就满了。

啤酒慢条斯理地从筛中流过，为了加快流速，母亲的双手忙个不停，它们在浓稠没过滤过的啤酒中来回穿梭，清理筛孔。声音起了变化，现在它听起来更醇厚饱满了，速度很快，像夏日突如其来的阵雨流进沙坑那般。

母亲的左手一直拿着筛子使它紧贴罐嘴，但令我目不转睛的是她的右手，她的右手在过滤网深处用力摇动着，就像一条西班牙猎犬热情地摇着尾巴欢迎全家度假归来。啤酒没过了她的手，我压根看不见它在哪里，这边望去，她的胳膊像断了手腕。不过我并不担心，因为我知道截肢只是假象，一有需要，这只手就会从黏稠得满是泡沫的液体中伸出来。

如此反复，她就这样用桶里的啤酒来喂饥渴的筛子，然后帮啤酒经筛子流进罐里。等过滤网上的谷糠积到一定程度，她就把它倒进边上的一个盆子里，那是专门用来盛放这些东西的。她的手往桶里伸得更深了，罐子现在几乎静默无语，只发出吃饱喝足的满意声音：它满了。

轮到第二个罐子了，不过母亲想起了其他家务。很少有顾客这么早来喝酒，所以目前装一个罐子也就够了。

“你睁大双眼盯着我看时，时间可不等你。”母亲跟我说话，眼神却看向别处。她的声音像鞭子一样抽了我一下，我想起迟到后老师的责罚，也就不用母亲再叫第二次了。

我爬出被窝。锡杯里的咖啡正在冷却，旁边的碟子上放着一个油炸圈饼。虽然我早已饥肠辘辘，但我只是朝那边看了看就抬腿向外边走去。门边上一个脸盆早已放在那里，底下有一块弯曲的蓝色长方形肥皂，它是从一块长条上裁下来的，边线不均，好像是掉牙的孩子咧嘴在笑。

我弯下腰，迅速地洗完手、胳膊、脸和腿，然后返回刚才的房间。咖啡温度刚好，不凉不烫，我就喜欢这样喝。我还没吃完，母亲就已把抹布放在桌上。最重要的是今天是周五。

食物塞满嘴巴，我快速套上校服。长期以来我练就了同时做好几件事的本领。又没有人说每件事情都要做到完美，我只要确保不是光着身子跑去上学就好。

一堆种类各异的啤酒瓶端庄地站在远处的角落里，密密麻麻全是深棕色或是黑色，瓶体结实，脖子细长，腹中空空。它们正等着邮差前来购买母亲的酒。当然这么做是非法的。我咕哝着说“我走了”时，那女士正睁大双眼在清点一堆硬币。她把硬币按面值排成不同列，这样算起来方便：四十个20分，十个5分，那就是十瓶老友干杜松子酒的价钱；一箱狮子熟啤是二十个10分，十五个5分，五个20分。伴随着硬币的叮咚声，我走出了家门。

奇怪，我竟然完全想不起上学的路线，即便那天是周五。学校是学校，恐怖又无聊。老师也许能剥夺周五当天的快乐，却无法进入我的内心，那里左右着我的认知与理解，隐藏着各式各样的欢乐和喜悦，下午的承诺也深烙在其中。生活从放学开始，真正开始。我知道没有老师能夺去那种幸福，好玩的事儿就在校园外等着，我和那整一长串的欢乐之间只隔着学校的最后一次铃声。

周五放学特别痛苦，时间又长又无聊，一成不变地要祈祷，祈求上帝“周末照看好这些纯洁无瑕的小羊羔”。有一部分小羊的确急需这样的保护。周五是算账的日子，一周的吵架、怨恨、懈怠、谣言诽谤、偷窃的怀疑，还有其他，所有这些都会在周五放学后进行清算。这是惯例，我入学时已是如此，我离开时也照旧。我相信今天依然这样。

周五，当大部队你推我搡冲出狭窄的校门，我们就成群结队地聚在一起。为了不引起老师的注意，我们不会在学校附近这么做。

被告方和受害方各有支持者，这些“朋友”确保打斗一定要发生，都到周五了，要取消也太迟了。人群早已闻到血腥味，不流血无法令他们平息。

决斗者严阵以待，脸上流露出无比憎恨凶残的表情，他们把裙子撩得老高，塞进富有弹性的灯笼裤里。在各自阵营的怂恿和鼓舞下，他们扑向对方，像两条争抢同一块骨头的狗。

摔跤过程中，双方东倒西歪，身体起起伏伏，并时不时因出击者打偏方向而暂时中断，这种打法不仅无法击中目标而且还使自己筋疲力尽。双方中的幸运者绊倒对方，俯身压下。还没把对方打得眼冒金星，她就开始发泄愤怒：“不是告诉过你我会逮住你吗？你能再说一遍你对那某某人说的关于我的坏话？你叫谁呢？”

古怪滑稽的动作总是令我着迷：光秃秃的大腿，裤子上土豆大小的洞，勇者想控制却没控制住的眼泪，观众的激动与热情——他们不会受到任何羞辱。

当决斗双方有一人匆匆离开，或是刚好有大人在场，打斗通常就会结束。在后一种情况下，我们会拼命逃跑，担心自己和不良行为扯上关系并被报告给老师。

记忆中，快到家时，我就会想起周五发生的场景，它能消抹日常生活的肮脏与丑陋——脚下脏得乌漆麻黑的沙地，遍布了各种垃圾，那天却变成欢迎我的红地毯。哪怕没有街道，没有柏油或是其他类别的公路，那又如何？那不是渔夫的号角声吗？

“呜呜！呜——呜——！”两声短音，暂停，再两声长音，声音从我家西边传来。我祈祷马车已去过我家，母亲买到了鱼。

在我们家门口，各种气味冲击着感官。我的嘴巴开始流口水，眼睛滴溜圆，脖子转了三百六十度。有鱼，玉米糊，不是平日里那种煮得稀巴烂、毫无味道的大杂烩；而是在玉米糊里加了肉骨头、土豆、洋葱、西红柿，还放了一些提神醒脑的调味品，如浓缩肉汤，混合花椒、青椒，外加普拉特浓汤精华。

事实上，整间屋子都发生了翻天覆地的变化。地板被擦得一尘不染，木板漂成了复古的卡其色。我想象母亲双膝着地，裙子捆到膝盖，在潮湿的地板上来来回回擦拭的情景。偶尔，她捞出旧背心做成的抹布，拧干，把地板上的泡沫浮渣拭去。

母亲的双手一定还皱着，我们使用的蓝色肥皂刺激性强，用完之后双手就会变成那样。我知道擦完全部地板要花不少时间，肥皂刺鼻的气味尚在屋内逗留，那是全面大扫除的标志。我进屋时，双脚在地板上留下了淡淡的脚印。

屋内，一尘不染，充斥着浓浓的印度熏香。由于隐藏得很好，人们看不见它在哪里。它的香味非但没有和屋里其他的气味混合在一起，反而更加突出，这让人更坚信熏香能带来好运，点上它就能招来顾客的看法。

有着精美图案的报纸挂在橱柜和桌子上，混血女清洁工伊娃来过这里。我之所以知道是因为我母亲根本不知道如何在报纸上裁剪这些蕾丝图案，只有那些混血儿和长期在城里生活的女人才知道怎么做。房间里到处闪闪发亮。

但是，在周五所有的变化中，母亲身上的变化是最引人注目的。母亲穿上长长的已婚妇女的裙子，裙脚微微向上拉起，露出闪闪发亮的腿，腿上抹了甘油、凡士林或是其他什么油。她脱去了天天穿的罩衫，周五母亲穿的是南非传统的格子印染裙，裙摆上华丽地镶着一条条我们称之为卡拉马祖的彩辫。我明白光鲜亮丽的打扮也是她的生意武器，她的顾客几乎都是男性，如果她看起来赏心悦目，他们就更可能帮衬她。这么说吧，她双眸生辉，就像花儿为前来采蜜的蜜蜂张开了花瓣，走近一闻，还真有淡淡的薰衣草香。

父亲是我知道的唯一不在周五喝酒的男人。他说，他必须保持清醒，万一母亲的顾客失控，他可以帮忙。

“收骨头了！收骨头了！①”

“骨头和瓶子！②”

那是周五另一个受欢迎的声音，它是上天的馈赠。听到这声音，我们就知道送钱的来了。收破烂的人一路大声吆喝，我们匆匆忙忙跑向我们埋骨头的地方，却发现原本藏得好好的骨头都不见了。可能是狗，也可能是和我们有相似动机的儿童发现了我们的战利品。我们手忙脚乱地收拾出力所能及的东西，把它们拿到收破烂的车前。一个先令一个罐子，没有一个孩子会忽视这位绅士的叫喊。尽管我们这里没有城里的垃圾箱和垃圾清理车，我们所谓的家也就杂乱无章地搭建在一望无际的沙地上，可这里是不折不扣的金矿。在这里你可以找到数量相当可观的骨头，可惜时间不够充裕，否则完全可以发财致富。

天上的噪音更是加剧了周五的神奇，缩短了梦想与现实之间的距离。也许是因为我们平日没注意到天上的交通，也许平时它根本就没出现。我不知道是哪一种情况，但在周五傍晚时分，飞机总会在我们住的区域低空飞行。如果我没记错，夏天尤其如此。我想起我们兴奋地叫喊，尽管这是集体活动，但是每个人声音又清晰可辨。

---

① 原文为“Ma-athaa-a-ammboo-o! Maa-athaa-a-ammbboo-o!”，是科萨语“mathambo”的吆喝声。

② 原文为阿非利卡语“Been en bottel Been en bottel”。

“飞机，帮我带根香蕉；帮我带个苹果；帮我带条裙子。”[①]它成了慵懒冗长、阳光灿烂的夏日生活的一部分。伴随着呼喊声，我们还拼命挥手，笃信飞机上的人都能看见我们，知道我们长什么样，知道我们是谁。我们向朦胧得肉眼几乎看不见的粉色斑点挥手。他们也向我们挥手致意，神奇地给予回应。为什么他们不把我们给带走？为什么我们不能向他们索要父母给不了的东西？新衣服，香蕉，糖果，布娃娃。有什么东西能比会飞的人还厉害？对我们来说，没有。所以我们随便提些不切实际的要求。会飞的人，他们是神奇周五的一部分。

低沉洪亮的“马苏苏大钟”[②]响了起来，这是我们对附近工厂汽笛的称呼，那家工厂是我们这里唯一的一家企业，时间已是五点。工厂离我们的居住地很近，工人都步行上班。“马苏苏”的官名是金属盒公司，这个汽笛一响，成百上千的工人就会蜂拥而出。他们是先行者，接着我们的父亲、爷爷、叔叔，还有哥哥就会回来。如果在马苏苏工作的人都回来了，农场，公司，码头里的人，用不了多久也会回家了吧？在一个人人都没手表，很少家庭有闹钟的地方，它就是我们非常可靠的时钟。

当然，母亲最初的一批顾客就是从马苏苏里出来的。但是不

① 原文为科萨语“Eropleyni！‘zundiphathel’ibanana！‘zundiphathel’iapile！‘zundiphathel’ilokhwe！”

② 原文为科萨语“umgqala kaMashushu”。

久，其他人也会到来。那是生意最繁忙的时期。

我还没上学就已学会帮母亲卖酒。五岁时，我就能从一加仑里面量出少许，半瓶，一瓶。六岁，我就能倒出一大杯卡菲尔啤酒。七岁，我就能帮人跑腿去店里买东西并带回正确的找零。

夜晚是最美好一天中最精彩的时光。不像其他日子，由于作业和父母的关爱，我被关在屋里。周五是无忧无虑的夜晚。通常，那些男人会把吉他、竖琴或是口琴带来，音乐通宵不绝于耳，这令本来已很神奇的一天更加美妙。

此外，喝啤酒和饮料的人通常还需要店里的其他东西。猜猜他们会叫谁去呢？傍晚至睡觉时间，我也成了周五夜里当地微醺之乐的一分子。

周五印度店主巴布会在柜台显眼的地方放上一条鞭子。当天，店里总是挤得水泄不通，有人瞅着巴布如此生意兴隆就想借机浑水摸鱼，不过巴布可不这么认为。如果偷东西或准备下手的人是小孩，他不会使用那条鞭子。

去店里买东西是一种乐趣，不过晚上出去却异常难得。只有周五才有这样的机会，因为人们只有在周五才会在不同时间需要东西。就这样，我得到了晚上去店里的机会。尽管叫我们帮忙的成人都会给我们一些零花钱，但一个孩子如果能被喝了不少酒的大人派去买东西那才真叫幸运。喝了酒的人出手大方，这是我在孩提时期发现的。这些人给的钱不仅超出我的预期，而且会比他们自己想给的还多，经常比买东西的钱都多。他会忘记一开始给了你多少钱，拿到他想要的东西后，又会随口一说“零钱你留着”。当然，借助儿童非凡的洞察力，我很快就能辨认哪些是真正的恩主。恩主就是一开始就喝多了的人。我总是让同一些人派我去店里买东西，他们是我的常客。

所有的店都开在主街，那里离我们镇有好一段距离。要去那儿，人们先得离开自己的居住区，穿过一片森林，再经过混血人住宅区，然后才到主街。街上灯火通明，路灯、店铺里的灯、霓虹灯闪烁，汽车和公交车在街上来回穿梭。

但在这样一个夜晚，不是小城的繁华吸引着我离开家门来到主街。同伴的友谊，手中的钱，所购的商品，深夜在外的许可，所有这些都抵不上另一种理由，它磁铁一般地吸引着我，偷偷摸摸，充满危险。我小心谨慎地远远跟踪着那些谈恋爱的情侣，他们在森林里寻找一个“安全”的地方。一旦这对可怜的情侣毫无戒心地坐了下来，他们的秘密，就会像密码一样，从一个孩子口中传到另一群路过的孩子耳里。

偷窥其实并没有给我们带来多少见识。我们之所以兴奋是因为我们看了一些不该看的事情，一些成人的秘密。当然，如果我们被抓就会挨打。我们也从没向信任我们的父母提过周五的这些额外福利。虽然害怕被发现带给我们一种胆战心惊的快感，但很快我们就感到厌烦，看那些东西实在没什么价值。于是，我们就满足于把信息传给别人，然后就去做更有趣的事了。

我们从收破烂的人，母亲那些一到周五就特别大方的顾客，以及派我到店里跑腿的人身上赚了这么多的外快，周五我们是不是得大肆挥霍一下？

奶油甜甜圈，巧克力牛奶，炸鱼薯条，面包屑炸鱼，太妃糖，薄荷汁，能不能吃到这些，取决于我赚钱的多寡。我一股脑儿把它们从喉咙里咽了下去，滑溜溜甜蜜蜜的味道，我会一直记到下一个周五。

晚上很晚，我们还一直忙着帮母亲做生意。这是我熬夜的机会，即便睡意不断袭来，企图消解我的愿望，我也会努力压制，尽可能拖延。有时突如其来的骚乱也会出人意料地让我睡得更迟：两人或两群人打架斗殴，男人揍老婆，或是警察突然袭击。

出于儿童的视角，我逐渐把周五和它所代表的东西——钱联系在一起。平日里我们见不着钱，周五除外，周五是发薪日。

因此，在我还没上三年级，还没学会如何使用聪明的词组和俗语之前，我就懂得是钱在使世界运转。但是，我也知道，它是万恶之源。我知道，周五正是恶灵侵入我们非洲人居住区的日子，它使他们变成了另外的人，走路，说话，笑，吃喝玩乐，都和之前迥然不同。为什么他们一个个都像换了个人似的？原本一整周表现得再寻常不过的普通人，周五那天却流露出了令人震惊的另一副模样。

感谢上帝，今天已是周五，管他呢，即便今天，我仍觉得周五是一星期中最富生活乐趣[①]的日子。这一天，幸福不单是幻想，而是亲身经历，这样的幸福才更为真切。

---

① 原文为法语“joie de vivre”。

诺思莎

三面松松垮垮带刺的铁丝网围住了这幢L形的建筑。如果不走近一点看，还真发现不了字母L的两条边之间其实有个空隙。事实上，这是两幢楼，一幢比另一幢稍长一点，但从门口的位置看，它们像连在一块的L形建筑物。

这是一所学校，中间的空隙是前后楼的通道。短的一边靠近门口，有两间房子，那是五年级和六年级的教室。这两个年级是这所高级小学最高的年级。三、四年级各有两个班在L字母长边那侧。这四间教室比另外两间更显拥挤嘈杂。

不论白天黑夜，学校从不关门。大门敞开的理由很简单，因为自打学校创建之初，学校的大门就只有柱子。

大门进去有一条砖砌的小道通向教室，砖头半陷入沙地里。院子里满是沙子，地面从没铺过。教室前面是一条走廊，走廊较高，铺着水泥，廊顶倾斜，上面盖着锌皮。集会时，教师就站在凸起的地面上，而学生们，像是掉进坑的牛羊，沙子在脚下扬起一阵灰尘。那是在夏天，太阳肆虐，天空晴朗无雨的日子。冬天，这个院子就变成沼泽，形状各异、大小不一的沟壑竞相比较看谁能绊住更多的垃圾，吸引更多的青蛙。人们无法从此处进入教室，那种时候，集会通常就会取消，老师们各自在自己的教室进行祷告和发布通知。

零零落落有一小片野花肆意绽放，完全无视这里土壤贫瘠，寒风凛冽，设施缺乏，无人照料。甚至还有假山，但是造得并不好。

教室后面有一块空地。空地一边，两个直立的“H”打破了荒凉空无的沉闷。两个“H”相向而立，中间隔有三十多码，这是学校的橄榄球场地。如果目光掠向空地的另一边，你就能见到两个无板篮球的球桩。在有正式体育比赛的日子，其他学校前来打球时，这些场地就会留下新鲜的棍棒或铲子的痕迹。而平时这里会留下孩子们用赤裸的脚后跟做的标记。所有这一切都定格在远处低矮阴沉的天空下，没有任何人为的建筑破坏这一场景。这个地方尚未遭到工业建筑和住宅高楼的污染。非洲人居住的城镇以低矮的单层楼房为特色，房子向外不断拓展。他们规划城镇时，没有要最大限度利用空间的想法。这种城镇是为不断减少的劳力而建的，为劳工子女建造的学校也反映了规划者的想法：劳工的存在是暂时的。所以，这是一所典型的为十一到十四岁年龄段的非洲孩子建立的学校。

六间教室，六位老师，八百个学生。这就是古古勒图马卡纳高级小学的情况。这里没有任何特别值得注意之处，因为一开始就是如此设计的。它的标准特征是：空间不足（令人费解的是尽管政府反对，人数却持续增长），水泥地板，课桌破烂，光线暗淡，通风不畅，教师工资低，没有任何营养计划，没有政府补助因而也无法保障书本、实验器材、娱乐和其他资源。简而言之，资金短缺。这些都是政府施行三层教育制度①的结果，真正的教育留给白人孩子，有色人种的孩子能得到一些慰问费，而非洲黑人的孩子被训练成人体盆栽，思想和精神的侏儒，这与他们瘦小的身体相对应，他们对未来不抱希望。

六年级的教室里，两束粗大的光线从窗户照射进来，把教室分成五块光影间隔的区域，暗，明，暗，明，暗。每块区域上面都放着一排桌子，每排桌子前都坐着身穿校服的年轻人，他们有的在明有的在暗，不同光线下他们的面部表情也不一样，亮光下的孩子脸部沉静，而黑暗中的孩子脸颊看起来很是阴郁。

空气浑浊，充满了男孩的青春气息，他们快要踏入成年男子

---

① 种族隔离时期，南非实施种族隔离的教育制度，颁布了《班图教育法》，俗称“班图教育”。法律规定白人、有色人种和黑人需接受不同的教育，上不同的学校。其中有一项是种族主义的语言教学，当时政府规定所有黑人小学需采用地方语教学，黑人小孩必须学习地方语、英语和阿非利卡语三种语言。后文中诺思莎无法跳级正是因为这一规定。

的行列。老师时不时得提高音量，提醒学生集中注意力。事情变得加倍困难，因为半小时前，他的学生刚狼吞虎咽吃了午餐：五元一份从马格米德妈妈那里买来的油炸圈饼和肉丸[①]。

就像在装满一堆旧便士的皮夹里突然发现一个新先令一样，一个女孩在班级里特别引人注目。她眼神清澈，皮肤柔嫩，宛如早晨被朝露轻吻过的花瓣。她笔直地坐着，身体像母鹿一般轻盈。她身穿校服，看起来清爽舒适，黑色运动裙，白色衬衫，黑色腰带，黑色鞋子，黑色夹克，白色袜子。她是学校里唯一每天穿全套校服的学生，她的名字叫诺思莎。

六年级教室内，马班德拉先生站在靠近黑板的墙边，钉在门后的课表显示现在是一堂地理课。这是午餐后的第一堂课，那天刚好是周五，黑板上挂着一幅巨大的世界地图。这幅地图，就像一张和善毫不设防的老者的脸，暴露了时间优雅的印迹：折痕，褶皱，褪色的斑斑点点，毫无排列规律。老师右手握着温柏树制成的鞭子，它宛如老师手的自然延伸。鞭子不到一米长，坚固而柔韧，去皮后还在盐水里泡了三天才成。

“林迪薇。”伴随着老师的说话声，鞭子“咚咚”敲击在地图上，两种声音重叠在一起像电波割裂一样难听。

被叫到的女孩突然跳了起来，双眼盯着鞭子指的地方，全神

---

① 原文为阿非利卡语“frikkadel”。

贯注地看着。她咽了好几次口水，每次都很迅速，她什么都说不出来，除了恐惧，嘴里什么都没有。她全身绷紧，耳朵放大，准备接受哪怕最微弱的声音。

坐在她左边第三排的诺思莎是最受师生欢迎的学生，她从喉咙深处发出了一个词组，“尼-日尔”。因为说得比较慢，听起来像是两个词，“尼-日尔”。诺思莎的嘴唇完全没动，几乎没有张开。

“尼日尔，先生。”林迪薇倒吸了一口气说。她祈祷自己没有听错，祈祷说出的答案准确无误。

她缓慢，犹豫不决，不胜感激地坐回自己的座位，不能百分百肯定自己回答正确。

林迪薇的同桌，害怕下一个将会提问到她，全身剧烈地颤抖起来。都都小象般胖乎乎的身躯波澜起伏，波纹穿过她的运动裙，上衣，线衫，裤子，清晰可见；甚至还传至堆积如山的文件夹，并透过椅子的纹路蜿蜒到林迪薇这边。林迪薇心想，哪怕寒夜里的疯狗都不至于把她的同桌吓成这样。都都有充分的理由害怕，除非老师搞突然袭击，随机挑选下一个回答问题的人，否则下一个肯定是她。

诺思莎的两只大眼睛紧盯着老师的举动，她不让自己分心。老师经常突袭她，他们说她干扰了正常的课堂秩序。大部分上课的时间她都感到无聊，这是她的错吗？但是今天，哪怕这么想都没让她开心起来。

都都是全六年级年纪最大的学生，也是全校最胖的学生。要在学生人数这么多的学校，要在有一百号强壮同学的班级里做到这些并非易事。但她的与众不同不仅是这两点，她还是全班最差的学生，这令她非常清楚老师的教鞭是何滋味，那是既柔软又咬人的感觉。

地理课上完，男孩们急匆匆地赶去上“手工课”，而女孩们则留在座位上等波亚夫人的到来，她教她们针线活。这位知道所有答案的女生陷入了沉思。不同于往日的喧闹和健谈，今天诺思莎表现得非常安静，沉默得同学都无法理解。“你不舒服吗？”辛迪斯瓦当天下午第二次问她的朋友，诺思莎只是摇了摇头。

马班德拉先生离开教室后脑子里会有另一幅地图，从最高峰到最低峰，他就是这么看学生的。但是，今天，他的最高峰心情不佳。这个女孩怎么了？诺思莎今天有些反常，他沉思着走向下一个班级。

他还没有丁加来得诧异。丁加是一个男生，觉得自己爱上了诺思莎。每天他都想方设法吸引她的注意，每天都没有成功。诺思莎不仅没给他任何鼓励，而且公开表示对抗。“我要告发你”或是“别傻了”，这算是她比较温柔的斥责。但是今天，她对他完全置之不理，哪怕他碰她，用胳膊围住她的腰，诺思莎也只是看着他。也许，她其实根本没在看。丁加不知道该如何形容，当然，她的眼睛看着他，朝他这边看过来，但他瞧见了某种他以前从未见过的东西，他不知道那是什么。就好像是太阳依旧发光，只是失去了热量，一道光芒也没有，太阳就像死了一样。这就是丁加对那眼神的感觉，诺思莎的眼睛已经死了。

波亚夫人很少需要纠正诺思莎的作业，今天也没有例外。轮到她展示作品时，老师唯一的评语是："大家瞧瞧，她的作品多整洁！"然后她就点名批评几个犯错的学生："你的作业像放在床底下或猪圈里过了一夜。"诺思莎回到自己的座位，波亚夫人纳闷了：今天这个孩子怎么这么安静啊，她都没有展露她那经典的笑容。但是，她的思绪很快被更重要的职责占据——辅导那些作业糟糕得令她想哭的学生。她念叨了很久，要不是西开普敦是一个有色人种的优先区域，她就会去那里找一个裁缝的工作，但是非洲人是不允许在这个地方干这种活的。法律规定，公司职员和技术岗位是为有色人种预留的，所以她就只能继续在这里教书。

课后是运动和合唱训练以及打扫的时间。那些住得较远即住在白人郊区的学生就可以不用参加课外活动。即使是学校校长也害怕白人的审视，任何白人。像诺思莎这样的孩子往往和母亲一起住在白人家里，他们的母亲在那里当女佣。

"一个这个，两个那个，古米德。"诺思莎轻声地说，递给摊主十五分。她接过肉丸和油炸圈饼，然后把饼撕开，把肉丸填了进去。

马古米德非常喜欢这个小姑娘。一个懂礼貌的孩子，她不像其他大部分的小孩，邋邋遢遢，想吃肉丸却又不给钱。她也不像其他人一样抱怨，“太小了”“不新鲜”，说些类似的废话。马古米德很高兴女孩也从她这里买东西。

两年前，诺思莎拥有了购买自己午餐的自由，她不必再吃家里带来的东西。和其他的孩子一样，她喜欢马古米德开的粗俗玩笑。现在当这位老妇人笑着问她：“逃离你的男友？当心那些白人男孩，好吧？”她努力挤出一个真诚的笑脸。

诺思莎挥手和她告别，马古米德心想，这个女孩有点害羞。看着女孩走开了，马古米德摇了摇戴头饰的脑袋，为何这么漂亮的小女孩看起来这么悲伤呢？然后她停下来告诉自己，还是想想自己的烦恼吧。

马古米德妈妈，体格肥大，就像她卖的油炸圈饼一样，她比校长更像是学校生活的一部分，尽管校长是这所学校执教时间最长的老师。人们可以借助马古米德妈妈来了解这个学校的时间表。每次课间休息前十分钟，她的推车就会停在校门口。推车由旧自行车轮子和薄板做成，薄板像牛奶箱、水果盒或其他看不出来的东西的残骸。

她只需十分钟。多年下来，她的动作已渐趋完美，她移动着车，是拉还是推，取决于当天她用肩膀还是后背。当她到达那个离大门不远的有树有阴凉的角落，她就把推车靠在扭曲的铁丝网上，自己在凳子上坐下。凳子其实是一个旧木箱，尽管侧面被擦洗了多次，可黑色粗体字样的“狮啤”两字仍清晰可辨。

小课间时，马古米德就来了，小车上装了各类甜点、冷饮，还有快过季的水果，超级便宜。午休时，她又回来，这次她推车上放的是肉丸和圈饼，饮料当然也少不了。最后一次课间休息，她带来简餐。这次她不着急回家，而在校园外面等到放学。对那些课后有合唱练习或体育运动的学生而言，她简直是救星，非常受他们欢迎。

诺思莎把学校和朋友抛诸脑后，向火车站走去，心情异常沉重。今天所有问题都一股脑儿压了过来。她想起自己知道的其他受苦受难的人：十字架上的耶稣及圣母玛利亚，还有洪水和地震中的灾民，宗教受害者，罗德岛上的政治犯，暴政下饱受压迫和折磨的人民，遭受干旱和饥荒的人们，还有航行在一望无际的大海却沉入世界之渊的水手，火灾中的灾民。

学校到车站这半小时的路程，荆棘遍布，杂乱不堪，一如她现在的生活。最近，她内心总感到痛苦，她越来越分不清他人的苦难与自己的区别。她心里的痛苦甚至连母亲（特别是她）都未察觉。她知道，她正处在十字路口。她劝诫自己，诺思莎，那是对神的大不敬。但是下一秒，她脑子里就冒出：比夫拉[1]挨饿的儿童都过得比你好。吃不到嘴的东西，他们也见不着，但我每天都

---

① “Biafra”是尼日利亚内战时期分离主义者建立的共和国（1967—1970），这个国家没有得到世界其他国家的承认。

和凯伦在一起。

女孩轻而易举地回想起世上亘古未变的种种苦难。母亲每晚的祷告都不自私狭隘，她们内心深处饱含同情，覆盖面也很广。四岁那年，她就知道“白天被人瞧不起，晚上又被恶魔侵扰的寡妇的痛苦”，感受到“不能张嘴叫父亲的孩子的悲惨”。当母亲祷告时，她记住了全部的灾难，那就是“生活的重负和苦难”。

因此，当女孩发现自己并不幸福时，她既不惊讶，也不失望。她从没渴求过幸福。她也没有在母亲身上见到过幸福，也没有听过母亲为此祈祷。事实上，如果她突然意识到或发现自己很幸福的话，反而会感到不安。他们的苦难令她有点难过，现在这痛苦正急剧增长，越变越大，越变越沉。每一个人的苦难都让她看到了自己，苦难完全淹没了她，她无路可逃。苦难如影随形，无论睡梦中还是清醒时，它一直都在。放学后，它就幻化成她从前的玩伴凯伦——雇她妈干活的那户人家的女儿。在学校，朋友们和她讲他们自己的故事，他们的生活，他们玩的游戏，他们睡觉的房子。为什么，哦，为什么她要和别人不一样？诺思莎经常为此感到痛苦。

她知道学校朋友都觉得她比他们大多数人来得幸运。事实上，她也经常告诉自己，她运气多么好，她的命途如何平坦，因为母亲总让她想想她多有福气。她知道她的确如此。但是最近，她的超级好运却似千万斤砖头压在她肩膀上。朋友不理解她的话，她只是不觉得她很幸运。他们了解这种和白人——母亲的男女主人一起生活的感受吗?

女孩放慢脚步，皱起眉头，继续自己的思绪。她想知道如果他们知道“幸运”的真正含义，他们会说些啥，各种画面潮水般涌入脑海。她就站在那里，告诉他们，让他们知道那意味着什么:

“听着，请听我说。听了你们就不会再羡慕我的生活了，真正该羡慕的人是我。你们不明白吗，每天我都看着自己的母亲为人做牛做马；不像你们，我没有家的保护。我和母亲的工作无法分开；母亲和她工作的地方也无法分开。那是她的工作，也是她的家，她唯一能待的地方。我知道母亲是一个奴隶，我不是每天都看见她身上的枷锁吗?黑人城的孩子才幸运，相信我，他们才是真幸运。他们有每天见到自己母亲被别人当狗一般对待吗?被她的女主人，女主人的丈夫，还有他们的孩子、亲戚朋友?不，她甚至连狗都不如!”话匣子一打开，诺思莎把心里的想法和盘托出。

到了车站，诺思莎站在候车厅外，思绪再次开始漫游，漫游到一个她不了解的世界——那个令她神魂颠倒的黑人城:她的朋友们都居住在那儿。

她想起多年前她刚上学时其他孩子老爱捉弄她。她想起自己看到学校所有孩子都光脚上学时自己心中的那份惊讶。偌大一个新生班，她是唯一一个穿全套校服，拎着小包，带着所有书籍和午餐盒来学校上学并说英语的人。看到这里的每个孩子都有着和她相同色泽的眼睛，当时她是何等惊奇和困惑。老师们也一样，每位老师都有着一双黑棕色的眼睛，正如她和她母亲。那时的她对这一切都感到很好奇。

诺思莎的母亲是一名寡妇，总是居住在工作的地方，女孩是她唯一的孩子。寡妇是一个虔诚的基督徒，深受雇主赏识，正如她女主人经常夸耀的：“这些日子要找个好帮手太难了，非常难，很幸运我们能找到这样一个保姆。”

因为雇主赏识女佣的价值，所以他们也能容忍她的孩子在他们家待更长时间，而大部分白人家庭能收留黑人小孩的最大年龄是五岁。五岁之前，黑人孩子有利用价值，可以作为家庭子女的玩伴。但是一旦白人小孩到了五岁，开始上学，黑人孩子的存在就显得很尴尬，他提醒他们社会并不平等。非洲小孩要等到智力较为成熟才开始上学，那得到“七周岁”。

因此诺思莎就被允许待在母亲工作的地方。等她到了入学年龄，她已经会读会写，会认颜色。她能把数数到一百，会做些加法，减法稍差些，但与她的同班同学比起来，她近乎是天才了。

但这种肯定来得太迟，无法驱除自小扎根于她心里的那种不自信，那种知道自己不如其他孩子优秀，不如他们聪明，不如他们优雅……的痛苦。

当他们学校的孩子对她的穿衣风格，流利无误的英语，或是其他大感惊奇的时候，诺思莎总会想起与凯伦相比的不足与匮乏，自豪感因此被抵消。这种状况一直持续到今天。

第一年上学，不到一个月，她就引起了校长的注意。如果她懂点母语，她就能连跳两级。即便她不懂母语，要是在其他年代，她仍然能跳级。可这是实施班图教育的年代，母语教育是必需的，所以要想让一个母语不好的人升级，这是不可能的事情，完全没可能。这从未发生过。

但是，某一方面而言，学校帮了诺思莎，它缓和了两者的差别，使她的感觉不似以前那么明显。当凯伦朝未来进发时，诺思莎被抛在了身后，感觉像那破旧的玩具不再被需要。

火车来了，女孩上了车，在车厢末尾找了个座位坐下，那里不会有人打扰她。不过，刚才的思绪也跟随着她上了车，她也不想被打扰。火车快速行进，哐当哐当的节奏和金属碰撞的噪音混合在一块儿刺穿了女孩的心灵：

“凯伦真棒！凯伦真棒！凯伦真棒！”

“诺思莎，必败！诺思莎，必败！”

一次又一次地，她听到了火车奇怪的嘲弄声，她听得如此分明，都预感到了词语所带的嘲讽。

她越来越害怕星期五。同学们都像赛马爱好者一样激动地盼望周末，而一想到等着她的只有空虚无聊，她就畏缩抗拒。此刻女孩想到：再过一小时我就到那里了，周一早上才能离开。她双眼噙满了泪水。

诺思莎进门时，她母亲正在熨衣服。女孩在门口站了一会儿，观察着母亲，后者没有注意到她。诺思莎从来就没有想过要把这个她长大的地方称为家。很显然，这不是她的家。她和母亲住在女佣房，那是正房后面一间狭小肮脏的屋子。当她允许自己想起居住环境时，她会说它“像是一间工具棚”。不论春夏秋冬、天晴下雨，光线从不会透进这间屋子。这是一间阴暗闷热的屋子，从不呼吸，也从无欢乐。早上前面的主屋沐浴于阳光之下，下午侧面的房子阳光充足，他们的房间却总躲在大房的阴影里，无比阴暗。

尽管女孩急于摆脱她的命运，但是命运却不让她安宁。看见骨瘦如柴的母亲弯腰在桌前一手拿着熨斗，一手摆弄着白衬衫，把它拉直以便熨烫，她不由自主想起了在那里生活意味着什么。那是她成长的地方，是她和母亲在主屋后面的寒酸小屋蜗居的地方，是她母亲每天做饭、擦洗、熨烫、打扫的地方。她总是害羞地微笑着干这样那样的活，笑容谦卑克制。母亲的微笑萦绕在女孩心头，挥之不去。

“妈妈，我回来了。”她注意到了水槽边盖着绿色碟子的红色塑料杯。杯子边上放着两个盘子，一个盖在另一个上，两个碟子颜色不同，都由塑料制成。

“好，思思，这是钥匙，换完衣服就赶紧回来，裙子挂在浴室门后的衣架上。”母亲在她粉色罩衣口袋里找到了钥匙。

钥匙轻声落到她窝起的手掌中，她说了声“谢谢”，迅速转身走出了厨房。从厨房门口往下走两级台阶，她就到了后院，院子不远处，一间小屋孤零零地立在那儿。

现在她想起了学校周边的房子——黑人城的房子，它们虽和母亲打扫的屋子有着天壤之别，但是……那是他们自己租的房子。他们有那么多的自由，只要自己高兴想摆什么都行；未经允许，没人能进出他们的房间。要是她母亲不讨厌住在黑人城就好了！女孩不知道这么做会花费多少钱，她只是渴望“像他们一样”。

小房里的黑暗和气味告诉她母亲一天都很忙，“极可能没休息”，女孩为自己观察到的事情感到痛苦。她半开着门，打开小窗，一阵微风带着花的芬芳从花园里飘了进来。房里清新的空气非但没有让她心情好转，反而加重了她的沮丧。她厌恶这种生活，这样的生活方式。为什么她母亲会接受呢？想起母亲从不抱怨，女孩更觉得孤立无援。她没有把烦恼告诉母亲，她与痛苦孤军作战，她母亲永远也无法理解为何她会如此不快乐。

凯伦的事又侵入她的思想。凯伦已经找了份暑期工，凯伦开始学车，凯伦开始戴牙套并且一直抱怨。想到凯伦没完没了地说“你想听吗，诺克斯[①]”，诺思莎几近发狂。接下来她透露的信息，

①“诺克斯”是白人雇主对诺思莎的昵称。

诺思莎其实毫不关心。“我想成为一名护士。长大后我要成为一名外科医生。我想我会当电影明星。”她母亲和凯伦的母亲更是添乱：“我们凯伦真会做梦，对吧，诺克斯？”为什么她们觉得她会在意凯伦有什么梦想？但是女孩告诫自己，不应该抱怨，她没有理由抱怨。

她母亲从无怨言，从来没有。女孩的情绪急剧变化，现在她对母亲从不生气抱怨感到愤怒。诺思莎之所以发怒正是因为她从不生气，从不抱怨。

“母亲绝不会提任何要求，夫人总跟她说他们没钱给她加工资，说得跟真的似的。”

不过她的怒气来得快，去得也快。等她换上日常衣服回到厨房，她对自己说：“我应该多帮帮妈妈。”

诺思莎知道塑料碟子里的三明治和牛奶是为她准备的。很快，她喝光牛奶，伸手去拿三明治。

“牛奶是用来配面包的，诺思莎。”母亲对女儿唯一不满的地方就是女儿吃面包和牛奶的次序总是颠倒。

诺思莎是一个非常乖巧的女儿，所以她只是歉意地笑了笑说：“我忘了。”她没有反问一句“牛奶不也喝到肚子里吗？”这个问题，她想问却又不敢问。

在水槽里，女孩发现了一个玻璃杯，一个茶匙，两个陶瓷小盘。

当她把自己的碟子放在水槽中已有的盘子上时，发生了两件事情。她知道凯伦已回家。凯伦是诺思莎母亲雇主家里最年幼的孩子。宛如汽油被大火吞灭突然蒸发了一般，一分钟之前那些高尚的意图瞬间逃离了她。她火冒三丈，擦洗玻璃杯时异常用力，玻璃杯碎了，洗碗发出的巨大声响把女主人引到了厨房。

“萨拉，”她发出嘘嘘声，尽量压低声音说，“告诉你多少次了？除非我叫她，诺克斯不能在厨房帮忙。她洗自己的盘子我不介意，但她打碎了凯伦最喜欢的杯子。”语气里满是抱怨，但是诺思莎却心不在焉。

为什么凯伦不自己洗杯子？为什么我要洗自己和她的杯子？我们不都是“孩子”吗？我们不都刚放学回来？难道她累我就不累？当然，诺思莎不知该如何回答这些折磨人的问题。正因为如此，女孩就越急切，因而也更痛苦。先前的绝望去而复返，她的愤怒又增长了一千倍。

生活的种种不公令她意志消沉，心情跌落谷底，想要反弹，路上又都是尖叉利戟，荆棘丛生，还有遍地的坚硬的玻璃碴。

而学校里的朋友还认为她很幸运？哈！他们应该见见凯伦，到时他们就会明白什么是真正的幸运。

关于凯伦，诺思莎随随便便就可回忆出一长串的事情。所有事情都有一个共同点：幸运。这可是货真价实、毫不含糊的幸运。凯伦全都有。

每次当她把自己的生活和凯伦的一比较，诺思莎总是满肚子不高兴。今天，当她把自己和凯伦放在一起，看见自己与都都和马古米德妈妈毫无不同时，她更加郁闷。毫无疑问，她已被远远地甩在后面，她不可能追上，绝对不可能。

“我讨厌现在的生活。我希望我不是我，而是别人。其他人没我这么受苦。”

尽管诺思莎无法确定自己何时有了自杀的想法，或是具体她该怎么做，但现在她肯定自己会这么做。某个时刻（课间休息时?）她突然“苏醒”过来，清楚意识到她要这么干。就在今天的某个时候。

母亲事后泪流满面：“我不晓得她什么时候离开了厨房，也不知为何自己会在心里念叨‘诺思莎去了哪里’，但我已经一个多小时没有见到她了。那不像她的行事风格，即便在复习考试，她也会经常到厨房来拿块饼干或是喝杯水什么的。我们房里没有吃的东西，史密斯太太说那样会招来老鼠。”

母亲把晚饭端上桌就离开了厨房，她要去看看，到底是什么事情让女孩这么久不出现。眼前的景象，犹如狂风暴雨横扫过嫩绿的玉米地，立马令她全身瘫痪。

急促而又可怕的哀号声使史密斯夫妇和凯伦离开了餐桌来到室外，平时镇定自若的保姆现在变得焦躁发狂。

女佣房后面有一排树篱，它隔开了史密斯和邻居的产业，在房子和树之间有一小块空地。空地上立着一个如同孩子们在十一月五日也就是烟火节[①]游行时使用的人偶，游行队伍中的人偶没有点火，而眼前这个却已在熊熊燃烧。

史密斯先生拿来一块毛毯灭火，他用毯子把这个浑身浸了煤油的人裹住，火势被控制住了。在这过程中，母亲一直在问："为什么，诺思莎？为什么你要这么做？为什么？为什么呀，诺思莎？"

母亲大声哀号了很长时间，女儿却一声呜咽也没有，嘴唇不发出任何呻吟。当时没有，后来在医院里也没有。生命在那焦黑的躯体里逗留了大约一个月，最终化为恐怖的幽灵。

女孩没有回答，她无法回答，她自己根本回答不了那个问题。其他问题她也一样无法回答。直至今日，当母亲想起女儿站在那里，一动不动地杵在门外，任由火苗吞噬时，禁不住还是泪流满面。母亲仍在问自己："她为什么不叫？她为什么不叫啊？"

---

① 原文为"Guy Fawkes Day（盖伊·福克斯日）"，又称"盖伊·福克斯之夜（Guy Fawkes Night）"。起源于英国的一个传统节日，为纪念1605年11月5日挫败"火药阴谋"事件而设，后被传播至各地。也称为"篝火之夜""烟花节"，人们在这一天点燃篝火，并举着形似盖伊·福克斯的假人游行，将其在篝火上焚烧。孩子们非常喜欢这个节日，他们自己制作代表盖伊·福克斯的人偶（the Guy），用各种稀奇古怪的服饰来装饰它，然后拿着它上街。

露　露

新面孔在新址这个地方总会引起骚动，因为这里人人都认识对方，陌生人少见得像母鸡的牙齿。因此当露露·姆索比来投奔家人时，情况也是如此。但对于我，事情没这么简单，很快我发现自己多了一个姐姐，我可没有亲姐姐。姆索比一家是我们关系最亲密的邻居。

她十七岁上下，相对当时八岁的我，年纪不算小了。她皮肤白皙，身材如吉普车般壮实，不论身型还是举止都展示了她活力充沛的个性，虽是在乡下长大但极有教养。她乐观开朗，率真诚实，大胆无畏。但她也有柔和的一面，大人都这么说。他们说："她仍是个孩子。"这话在我耳朵听来是一种赞美，就像他们对小孩说"你已经完全长大了"一样。这是大人说话的逻辑。

露露给我们带了许多礼物：很多不知名的游戏和全新的歌谣。

“不，不，不要马

“不，不要马——我不放弃!

“我对你动了心!

“我不放弃，

“我对你动了心!”[①]

她有一副女高音式的甜美嗓音，非常纯净欢快。这首关于爱人用马表忠贞的歌把露露抬高至所有小女孩都仰慕的世界，那里有成人的爱情，浪漫的故事以及成年的奥秘。试想，在一个人们与亲戚分享一只牛眼或一块鱼骨都被认为是极度高贵的时代，居然有一位王子把马送给他心仪的女子。当然，出于儿童的理解力，我知道赠予者是位男士，而且那马是他仅有的一匹马。

为了迷惑外行特别是大人，露露教了我们一门全新的语言。

“露杜露杜，来呆这得里地。(露露，来这里。)”[②]

毋庸讳言，年龄超过二十岁的人谁能破译那种胡言乱语?我们在每一个音节后面都加一个d和同音节里的元音。这个秘密，在我们看来，成人根本无法理解。

时不时，露露在爱兹贝勒尼的生活就会飘进我们耳朵，那是

① 原文为科萨语：“Nali， nali， nal' ihashi，/ nali， nal' ihashi-Andisobe ndincame! / Ndincanywa nguwe! / Andisobe ndincame，/ Ndincanywa nguwe!”

② 原文为：“Luduludu，yidizada adaphada.（Lulu，yiza apha.）”

昆士城[1]附近的一个小村庄，离这里很远。“五点，他们就要喝咖啡，否则我就会被冷水泼醒。”她过去和亲戚生活在一起，那是一户虔诚信仰上帝的家庭，地位比牧师还要显贵。在开普敦，她却发现自己的家人早已不去教堂。她父亲是非国大即南非非洲人国民大会的铁杆支持者，经常说：“白人的天堂就在尘世，南非就是白人的天堂。要是我在天堂看见一个白人，哪怕只有一个，我也会对上帝说，‘让我出去！请让我出去！’”

露露离开昆士城时刚上小学四年级，来开普敦后她本想继续上学。但是，他们家有四个比她小的孩子在上小学，还有一个儿子上初中，他们没余钱再多送一个孩子上学。所以刚来的那段时间，她就处于中间状态。她不是大人，因为她还没工作；但她也不是孩子，因为她已不上学。

“现在我希望我没来这里。”她说着，眼光瞟向我们的课本。“我记得这些数字，我会做。”当她在我哥哥练习册里认出她做过的算术题时，她很激动，那样子让我想起她还是个孩子。虽然她那丰腴的双腿与高耸的乳房提醒我她不再是小孩，为此我更加崇拜她，感激她愿意和我一起玩。

但我还是失去了她，他们为她找了份工作。像所有这个年龄的非洲女人一样，她将帮白人家庭照看孩子。露露成了保姆，住

① 昆士城（Queenstown）现名科马尼（komani），南非东开普敦省中部一繁华城镇。

在了她工作的地方，因为她的工作在我们起床前就已开始。她必须在早餐前就把新鲜的橙汁榨好，擦好皮鞋并把孩子的午餐盒准备好。我嫉妒那些孩子，我很怀念露露的故事、歌曲和笑声。露露富有感染力的笑声或许是她送给我的最好礼物。我经常幻想白人小孩躺在地上被露露各种技能逗乐的情景。

她周日下午休息，但是晚上又必须回去。我见露露的机会越来越少，从捕捉到的只言片语，我知道工作女性的生活和我想象的非常不同。她的女主人为她调了闹钟。五点钟她就得起床，因为六点上班之前，她要先把自己弄得“一尘不染”，这是她家女主人的原话。我学到了一个新的英语词组“一尘不染”。露露的歌声不似以前那么欢快了，她也不再经常唱歌。她的“一尘不染”只能通过两个方式实现：冷水浴或从主人厨房端一盆温水。她的浴室只有冷水，然而她的女主人说：“你们这些人都不知道什么是浴室。”她确实没说谎，我们住的地方没有浴室。

我不知道露露的第一份工作干了多长时间，总之没过多久她就回来了。她告诉我她是怎么丢了工作的。虽然我认认真真听她解释，但还是不理解为何白人女人把她赶出门。“她满脸通红，愤怒咆哮。”露露告诉我。我竭力想弄明白她到底犯了什么错，结果很令人沮丧地失败了。现在，我明白了露露的行为可能造成的后果，但第一次听故事时，我尚且年幼无法理解。

一天晚上，露露的主人外出后又匆匆忙忙赶回了家。他们有些担心，因为打电话回家时露露没接，她负责照看两个孩子。他们回家后却发现露露在育婴室的地板上睡着了。

“女主人像疯了一样。”露露告诉我。那个白人女人一直对着露露尖叫，她吵醒了非常安全并睡得正香的孩子。“叫醒他们，摇晃他们的身体，牙齿都咯吱作响。”露露说。她又补充道：“女主人似乎不明白孩子们还活着，他们一点事情也没有。那天晚上我实在太累了，我已是连续四天熬夜照看他们了。”

我一个小孩的头脑的确不能彻底理解他们解雇露露的理由。她犯了什么错？当然不可能是因为她睡着了吧？深更半夜还不睡觉？大人就应该整晚醒着照看我们小孩吗？我从我父母身上寻找他们这么照顾我的痕迹。不用说，没成功，事实上，父亲的鼾声早在我合上眼睡着之前就已响起。因此我得出一个自认为比较合理的结论，露露丢了工作只是由于她的女主人令人讨厌、不可理喻。我因此也恨上了那个素未谋面的女人，我以八岁小孩强烈的正义感来憎恨她。但是，像儿童时期许多心血来潮一样，这种恨意稍纵即逝。

露露回来了我很开心，尽管我知道她正在寻找新工作，一旦找到她又会离开。

我想，她生下儿子时，她已在开普敦待了两年多的时间。那段时间里，她做过三四份工作，这对保姆而言没什么奇怪的。成为母亲后，露露毫无疑问、不可挽回地进入了成人世界，从此我永远地失去了她。露露非婚妈妈的身份更令事情雪上加霜。

她不仅令她父亲一家名誉扫地，而且减少了自己嫁个好人家的机会，她结婚时她父亲能拿的彩礼也大幅缩水。在她父母和整个社区看来，她是受损物品。我母亲也阻止我和露露来往。嗯，她没有直接说露露是坏孩子，我不想你接近她。没有，大人不会那样做，他们很狡猾，善于骗人。妈妈说：“你知道露露要生孩子了，她很忙没有时间理你，我也不想你去打扰她。”我点点头，但我完全不相信她在担心露露。

带着孩子露露无法工作。孩子还在喝奶时，露露的父亲为这个无法工作还带个拖油瓶的女儿找到了生存之道。他给露露找了个丈夫，一个鳏夫，他的孩子比露露还大。

据说，他为人善良，干活卖力，又会照顾老婆。大家都说对露露而言这是最好的归宿。人们普遍认为，麻烦是她自己惹的，那么极有可能还会再犯。现在她只有一个孩子，男人还会考虑娶她当老婆，试想，哪个男人会找儿女成群的女人做老婆呢？当然他们也没指望这个鳏夫能接受露露的孩子，毕竟人的仁慈有限，又没有人说他精神不正常。

曼塞丝是一个中年妇女，自己没有孩子。她和丈夫两人都宅心仁厚、慷慨大方。自打把露露嫁出去的计划一启动，曼塞丝就成了露露家的常客。起先，我并不觉得奇怪。事实上，我一直不以为意，直到有一天我偷听到妈妈对爸爸说：“记住，曼塞丝一生中从没给婴儿洗过澡。趁孩子的母亲还在，她多学学。这样，她和孩子也能相互适应。”老实说，听了这些话，我还是没理解事情到底是怎么回事。当然，我心中好奇极了，这是不是意味着露露上班时曼塞丝会帮她照顾婴儿？也许到时她就不用去给那糟老头做老婆了。

我这样安慰自己，一个人解决了所有疑团。看见我在偷听，妈妈把我赶了出去。但是后来得益于消息更灵通的玩伴们的交谈，所有碎片依序拼成一块：露露的孩子将送给曼塞丝。露露将被许配给那个老得可以当她爹的男人。但每次见到露露，她看起来不是很受影响。我为她感到难过，可怜她就要嫁人了，还嫁个老男人，可怜她的孩子会被送走，尽管他可能会有一对好父母。我很遗憾她竟然生了孩子，对我来说，孩子是她所有问题的根源。

那天终于来临，露露当上了新娘。自她身份发生改变后，我大概只见过她两次。没有举行婚礼，处女才有白色的婚礼，可是他们也没有给露露准备失足少女穿的素色新娘礼服，失足少女就是结婚时已怀孕或是已成为母亲，或其他方面“被玷污”的女人。她们在社区里被称为“开裂的玻璃”。尽管我心有疑虑，她却变得更漂亮了，全身散发出新婚女人的魅力。穿着新娘服饰的她看起来光彩照人。她穿着一条蓝白色的德国印染裙，裙子长至脚踝，披着黑色棉布头巾，腰间系着带有流苏的格子羊毛围巾，肩上披着厚重的披肩。无论谁做了她丈夫都会非常骄傲地指着她说：“这是我老婆。”但是她的美貌不含欢乐，那是一种安静的美丽，有些腼腆，或像受过伤害。是一种忧郁凄然的美，很脆弱。

不久，曼塞丝就带着婴儿回了她的家乡特兰斯凯[①]。之后就没有人再见过或听说过她。据我所知，露露至此就没有再见过孩子。人人都说这是最好的结局，对露露，曼塞丝，还有孩子，特别是那个孩子。

时光荏苒，几年过去了，我上了寄宿学校。然后二十世纪六十年代初期，政府实施了清理贫民窟的计划，它像一阵旋风，刮得黑人东逃西窜。

原来关系紧密、友谊深厚、悲喜与共的社区像老鹰面前的小鸡一样四处逃散。我长大的棚户区让位给了干净的住宅区，政府把有色人种安排在这里，而他们也从他们珍惜的定居地搬离。我们被重新安置在西尼昂加，这里后来被叫作古古勒图。之后我就几乎与新址所有的人失去了联系，失去联系的家庭中就包括姆索比一家。

许多年过去了。一天，在班图管理局的地方办公室，那是我们班图人指定交租金的地方，我突然看见了她。

虽然我已有十多年没有见过她，但是第一眼看到，我就认出她是露露。她一个人站在那里，远离人群。认出了她的那一刻我觉得有些奇怪，还觉察到了一些其他的东西。现在回头想想，我

---

① 特兰斯凯（Transkei）地区，官方名称为特兰斯凯共和国，是南非种族隔离时代的一个黑人家园，即为特定族群指定的自治区域，现位于南非东开普敦省。

知道那是什么，是她站着的姿势，她不仅远离人群，她还远离屋里的空气和活动。那种姿势把她和其他人区分开来。

我咧起嘴，大步走向她。到她面前时，我用自己的脸去贴她的脸。我睁大双眼说：“喂！”

她没认出我来。

我太激动了，说话连珠炮似的：“你好，露露！”

她礼貌地回应了我的问候，相当礼貌。即便我对她说了自己的名字，她那甜美温柔的眼睛也没有闪现出回应的光芒。“你好。”她没有称呼我的名字。

想起我们最后一次见面后自己身体发生的变化，我试图唤起她的记忆。“我是芙优的妹妹。”我说。她的眼睛仍是一片茫然，两弯深潭反射出巨大的虚无。

如魔术师瞬间变了戏法，我的欣喜化为了不安。“我的母亲是曼汤贝扎，在新址我们住在你家隔壁。你不记得了？我是丽兹威。丽兹威啊！”我重复了两次，好像这样就能把自己的名字刻入那骇人的双眼里。她的眼睛看着我，但又不看我，或是它们根本什么都没看，眼神空洞。

这次，我把嗓音提高了诸多分贝。我急需穿透这层浓雾，我不知道那是什么，但我觉察到了并且感到害怕。我报出了我们以前的住址，喊出了我父亲的名字。我满脑子寻求线索，任何能引起回应或是令她想起我是谁的事物，我想让她记起我是谁。

这位女士看着我，露出甜美的微笑，可还是一言不发。她什么都没说。

我敢肯定我没弄错，和我说话的人就是露露，虽然从她的穿着打扮以及整个外表看来，生活对她并不仁慈。她的衣服不脏不破，可就不是常人穿的样子，倒不是说衣服已经过时之类，而是它们混穿在一起很奇怪。裙子和衬衫不搭，衬衫和线衫也不配，什么都不对。

没错，在我认认真真对她做一番观察后，我明白了，我无论做什么她都不会有反应。看得出，她现在就是一个智障孩子，一个柔弱无助的成人，一名中风病人。任何人，只要自己能穿衣打扮，都不会把露露身上的这套衣服穿身上。可是，她那带酒窝的脸颊又露出了若有若无的笑容，也许那只是她无法控制的细胞或肌肉的记忆。我把它称为笑容也许是夸大了，因为她到底笑没笑其实都无法确定。但是，笑容也好，不是笑容也罢，她的面部表情和眼神没有任何关联，不带任何情感，彼此之间也没有一致性。如果那是笑容，那么她就这么微笑着，目光穿过我望向虚无。

像是有蛇沿着我的脊椎往下爬一样，我全身战栗。

就在那时，我看见一个女人向我走来。瞬间她就认出了我："丽兹威！丽兹威！你从哪里冒出来的?"

"露露不记得我了。"我一边回答她的问候一边说。露露的妹妹莉迪亚，我不可能认不出来，她长胖了些，但她还是莉迪亚，变大了而已。她已交完租金，或是报修过下水道堵塞的事情，或是已经取了邮件。现在，她回来接姐姐露露，然后两人一起回家。听我这么说，她突然顿住了，看着我，泪眼模糊，然后用一种遥远而疲惫的声音轻轻说：

“哦，你不知道？自从1960年的暴动[①]后，她就不是从前的那个她了。”她用食指碰了碰脑袋，我点了点头，眼睛湿润了。

分手之前，我和莉迪亚一直在谈论露露，完全忽略了她的存在。我们聊天时，她脸上依旧是一副看着像实则不是的鬼魅般的笑容。我的疑问得到了解释，明白了露露为何会认不出我，认不出其他任何人。但有一个问题我自始至终不明白：为什么？

露露是暴动期间被警察逮捕的成千上万人中的一员，那天她刚好在警察突袭的地方。谁也不知道关押期间谁对露露做了什么。被警察抓去三天后，她回家时，她就成了我在1975年夏日见她的这个样子，眼神空洞迷离。

① 这里指的是南非1960 年3月21日在约翰内斯堡附近的沙佩维尔和开普敦附近的兰加镇发生的反通行证群众示威活动，当时白人当局实行了紧急状态法，在全国范围内大肆搜捕黑人运动积极分子。

复活节周日那天我去了内特雷格

伴随着刹车的摩擦声，一辆猩红的大众摇摇晃晃地开来，猛地停在了我们家门口。在古古勒图，所有的车都开成这醉醺醺的样子，因为行驶的街道就是坑坑洼洼的小路，沟壑遍布，有时路坑大得能吞没一个成人。我安静地站着，眼睛透过窗户向外望，这是间一室的棚屋，我和我的外婆玛库鲁住在这里。

我已经等了这辆车足足五分钟；外面“汽车！汽车！”的齐声叫喊让我意识到车来了。听到喊叫声，我脑海里浮现出这样一幅画面：一大群孩子光着脚丫跟着车飞快奔跑，他们跑得上气不接下气，就同我以前干过很多次的一样，那还是在不久之前。

我一直站在地垫上往外看，却什么也没看见，直到那车跃入了我的眼帘。秋日午后的太阳肆无忌惮，刺得人睁不开眼，窗户像是被挖掉的一只眼睛，茫然地向外注视着。窗后的我也盯着外边，一动不动。现在，鼻子突然闻到一股旧毯子的气味，那是我们晚上用来堵窗户用的，它把我的脚困在了垫子上。

一个身材矮小、体格健壮、不到三十岁的女人从车里钻了出来，那是我母亲。她两只手上都拎着绚丽夺目的黄黑色塑料袋，里面装了食物和衣服。塑料袋是女主人慷慨大方的勋章，食物和衣服是威尔金斯夫人善意的馈赠。真遗憾，她胖得如一头怀孕的大象，只有玛库鲁才穿威尔金斯夫人的衣服。玛库鲁不介意把那些肥大的衣服折叠打褶，然后裹在自己并不粗大的身体上。拗不过雇主的好意，母亲慢慢地从车那边向棚屋走来。我看着她，今天威尔金斯夫人的仁慈还将延伸至我，我知道这令母亲心情沉重，也让我呆若木鸡。

一如往常，来回转悠的玛库鲁为母亲开了门。

那是周日，复活节。三天前，母亲就对我说："威尔金斯夫人会在下个休息日和我一起过来，就是周日。"他们还没到，我就已准备好，他们将带我去内特雷格。内特雷格（意思是恰好）是一个有色人种居住区，离我住的古古勒图并不远。古古勒图是一个非洲人的城镇。

"你准备好了吗，琳达？"我知道她还没放下袋子，要不然我会听到"桌子"的声响。桌子用一米长的木板做成，就架在几个空煤油罐子上，每次为了保持平衡，"桌子"就会发出叹息声。我明白它在表示厌恶，我屏住叹息只让自己知道。

“这些日子你就这么和人打招呼?”显而易见，玛库鲁生气了。

我先是听到袋子换手拎时的窸窸窣窣声，几秒钟后，烤鱼的气味包裹过来，堵住了我的呼吸，我吐了。

“哦，我太匆忙了，对不起，妈妈。”母亲回答道。从说话的声音，我可以判断她向我走来。沙地上铺了油地毡，脚踩在上面没有任何声响，但是我知道她离我很近了，我一动不动。

她掀开了“帘子”，一块破旧的褪色的绸缎桌布，上面有许多形状各异、尺寸不一的泪珠样的东西。毫无疑问，这也是某个白人家庭的礼物，可能是母亲，也可能是玛库鲁服务的家庭（因为她年轻时也干这行)。我就站在窗帘后面，地垫上放了一个纸箱，里面装了我所有的东西，主要是课本。一个劣质的衣架光秃秃地挂在弯曲生锈的钉子上，后面是糊了报纸的墙。

“来。”嘶一声，我听见帘子被拉开，接着意识到她已迈步离开。我转身看向她前一秒站立的地方，帘子无声地回望我。我的眼睛再一次瞟向窗口，看到她大步走回汽车，但我的双脚却像被水泥胶在地垫上。

身体依然没动，但我的心却早已逃离了心脏，怦怦地蹿到喉咙，我变得无法呼吸。一条冰冷的毯子紧紧裹住了我，包住了我的每一寸肌肤，我像罗德的妻子[①]一般，变成了冰柱。

母亲坐回汽车里。“来”，就这么一个字，把我出生以来所有的恐惧都汇聚在一起，我的肚子顿时像有千万条虫子在蠕动。我不知自己的脚是怎么做到的，但我的确走了出去，当我坐进汽车后座的时候，我对威尔金斯夫人说了声：“下午好，夫人!”

“琳达。”威尔金斯夫人责备道，“什么时候你才会不叫我夫人?”她微笑着露出她棕色的牙齿，表明她并不生气。她想让我叫她的名字苏。但是，时到今日，我也不懂该如何叫白人名字。我从没这么做过，而且她比我母亲年长。所以，我咕哝着“对不起”，关键时刻咬住舌头闭上嘴巴，我差点又说：“对不起，夫人。”

苏夫人发动汽车，我们出发。汽车漫不经心地轰鸣着在路上摇摇晃晃。一群孩子，不同程度赤裸着身体，跟着车飞快地奔跑。柔软褐色的四肢闪闪发光，这表明有些母亲给她们的孩子涂了凡士林，并抽时间给他们洗了澡。一个小家伙引起了我的注意，他的脑袋刮得相当光洁，像是一面镜子或一个微型玻璃圆顶，阳光在他头上被反弹回来，他穿着一件破破烂烂的原本白色的背心。我心神恍惚，意识到有一天他也会成为令人想念的男人，因为在这破

---

①《圣经·创世记》中记载，上帝在毁灭罪恶之城索多玛前让罗得携全家逃离该城，逃离途中，罗得的妻子不听天使警告，顾念索多玛，回头一看就变成了一根盐柱。

烂无法遮体的衣服下垂悬着那明白无误的许诺，也许他想撒尿了。

我忘了……当坐车的惊奇淹没了我，我的心情开始雀跃起来；我坐在一辆真正的汽车里，行驶的汽车。然后，心怦的一下，我记起来我为何会在车里，它将带我前去哪里。

内特雷格距离古古勒图大概十分钟车程。偶尔有几次我去兰加或开普敦旅游时见过那里的房子，因为火车会穿过内特雷格城，但是我没到过那里（基于相同的理由，我也没去过任何有色人种的城镇）。

真奇怪，十分钟居然如此漫长，很显然那是我人生中最漫长的十分钟。内特雷格，还有我在那里要做的事情会是什么样？我怎么能做接下来要做的事呢？妈妈呢，妈妈现在怎么看我？这事会成为我们之间永恒的隔膜吗？威尔金斯夫人怎么瞧我？又怎么看待可怜的妈妈？这些问题在我脑海迅速掠过，夺走了我初次乘坐小轿车的快乐。

乘车的刺激再次短暂地吸引了我。呵，我曾经身处数不胜数的车海之中，那都是些车体残破，被车主抛弃或被人偷来的车，它们光秃秃的什么都没有，脑子正常的人都不会试图去修理它们。汽车残骸在古古勒图也随处可见，可是这车不一样，它真真切切，我不仅坐在里面，而且它还在动。呜！它正带我到一个地方。我的第一次乘车！

我是圣莫妮卡小学——古古勒图唯一的天主教学校三年级的

学生。我的校服，一件剪裁糟糕、颜色像胆汁般绿黄的裙子是我仅有的体面衣服。这就是家里那个衣架上没有衣服的原因。衣架形状古怪，遮盖了非洲女人部分的笑容。这个女人正在晾晒用奥妙洗过的衣物，“要想洗得比白人还白，当然得用奥妙”。

我想往衣柜里添几件衣服的梦想一直没能实现。“我的女主人不仅付我较高的工资，她还是个了不起的人，她知道我也是人。”女主人有没有孩子对母亲没什么影响，可这意味着我无法从她那里拿到旧衣服。谁能责怪我生威尔金斯夫人的气呢？她剥夺了我白人抛弃不要却可能给予我的各种东西，例如玩偶、鞋子、裙子、线衫。然后她想对我说我们是朋友，我们是平等的。“叫我苏！”不叫，她别想听到我叫她苏。

短暂的行程中，我坐在开红色甲壳虫的威尔金斯太太身后，妈妈坐在她斜对角，中间的空位拉大了我俩之间的距离，它就像一座峡谷，我和她谁都穿越不了。那天是我作为孩子的最后一天。

但就是那一天影响了我作为女人的一生，尽管当时我尚且不知。回首过去，我好诧异那天看起来怎么如此稀松平常，既欢快又平和。

三周之前，圣莫妮卡与它的一号对手布勒莱尼高级小学举行了无板篮球比赛。布勒莱尼在兰加，我们是客场作战。所以从这两点来说，兰加是我们的敌区。

可对于我来说，那场比赛诞生了一个全新的我。或许我该说是一个沧桑的我？新诞生的我，不管是真新还是假新，都已非常苍老，老过我所认识的任何一个在世的人。

那天的内特雷格之行部分造成了现在的我。尽管转念一想，把责任都推给那天似乎也不公平。

也许该从我出生之日算起，或是从那天在兰加打布勒莱尼开始，他们把我们打得落花流水，10：0，那是前所未有的伤痛。也许，这只是一场噩梦。

到了内特雷格，我们遇上了点小麻烦，我们找不到要去的地点，地址是威尔金斯夫人研究小组成员，一个女性主义者给的。幸好威尔金斯夫人懂一鳞半爪的阿非利卡语，她问了路，最后我们终于到达目的地。我们从车里出来时，最后一个球在我脑海里闪过。

我是中场队员，所以通常情况下，我既防守又进攻，给投篮队员传球，阻止球传到对方区域。我是一个激情洋溢、精力充沛的球员，全心全意参与比赛。在那场更改我命运的比赛刚开场时，我的确表现如此。

现在，当我们迟疑地走向苏夫人手中字条上所写的地址时，比赛那天的恶心感又回来了。

比赛进行到十五分钟左右，布勒莱尼的中场队员把球传给靠近她的边锋队员。我知道球只可能从边锋队员回到她手上，如果技术和运气都比较好，会直接到她们的一个投篮队员手中。为了加强防卫，我跑向柱下的投篮队员，她刚踏出我不能进入的圆形区域。

毫无疑问，边锋队员把球送给了投篮队员，那是一个先高后低的曲线球，我等待着，保持微蹲的姿势。然后，当球开始下落，我起身跳跃，时间卡得好的话，我伸出双臂就能抢在她们之前接住球，或是让球从她们手中弹出。那是我的计划。

嘭！在离地面三英尺的地方，我碰到了一只飞行的犀牛，至少当时我这么觉得。

咚！我跌倒在地，脸部朝下，四肢张开，我肯定自己连指头都动不了了，全身瘫痪。

然后，有了知觉，抗议汹涌猛烈地袭来，它来自我的肚子，那里有一种可怕的气流在颤动。

有一刻，我觉得地面凹凸不平，然后，突然之间，我确信无疑，清楚地知晓：

我怀孕了。

没人告诉过我，孩子在母亲子宫时就会动，但它这一动确认了我之前不想知道的事，毕竟我还不到十四岁。

那是复活节前三周发生的事。我想外婆会杀了我。知道吗，从五岁起她就开始抚养我，孩子到了五岁就不宜和母亲待在工作地方。母亲总是住家里，那的确帮忙解决了住宿问题。

哪怕我白发苍苍，我都会记得当我把这个消息告诉外婆时她脸上的那种表情。她盯着我，像盯着怪物一样，满脸鄙夷。哪怕我照镜子发现自己多长了一个脑袋，我都不会感到如此惊讶。接着她就开始号啕大哭，就是死人时妇女们的那种哭法，声音虽轻却是非常刺耳，再接着，辱骂就雨点般地袭来。

那天，我终于知道了一些父亲的事，我们不常提他。

“我哭什么，哎哟，托洛们！我有什么好哭的?”她痛苦地呼喊着祖先的名字，接着嘴里迅速蹦出冷酷的回答，“对母狗的私生子我又能抱什么希望?”

那个在1960年骚动中被残忍的布尔人[①]击倒的英雄哪里去了?这位一直爱着我的善良老妇没完没了，她像一条毒蛇，嘶嘶地表示不满：“母狗生的就是母狗，是吧?”她的脸扭曲着，是因为伤心?

外婆似乎无法停止说教，好像我并未因此受苦似的。我去死，就是为我好？或许是为她好？她的脸异常狰狞，就像戴了一张面具，上面涌动着各种情绪：憎恨，恐惧，痛苦，一种接着一种，万花筒般地闪过。她那充满痛苦的眼睛已经预见了死亡，预见了她子孙后代的白骨。她继续说着，声音变得我都不认识：

“你母亲在营区与男人偷欢时还是个孩子，我没从那个男人身上得到任何赔偿。事实上，我从没见过这人，在得知这条母狗怀

① 布尔人（Boer）在阿非利卡语里是“农民”的意思，但这里专指荷裔南非人。

了他的崽后，他就像营区其他男人一样逃回自己的村子，再也不签来开普敦的合同。”

营区，更委婉的说法是单身男人宿舍，是那些丢下老婆孩子来这里工作的非洲男人住宿的地方，这些男人得到许可来城里干活。这样的民工大部分已经结婚，政府和决策者对此不必操心。其实未必，那些白人官员，虽然专业精通、学识渊博，但是没有意识到这些男人也有普通人的七情六欲。

我孩子的父亲就是这样一个人。不过我并不担心，他向我保证他会来拜见我父母，不仅会赔偿损失，还会下聘礼。我告诉他我父亲的情况，他对我非常关心。“你可怜的母亲，”他说，“竟然独自一人把你抚养长大。”他想娶我为妻。我们在无板篮球比赛前谈好了一切。但是，由于外婆喋喋不休的斥责，我决定等到母亲的下一个休息日再说。

就在那个周日，世界发生了翻天覆地的变化，至此再没恢复。我怀疑再也没有恢复的那一天了。

午饭过后没多久，母亲来了。水还没烧开，外婆就告诉了她这不好的消息。虽然知道自己做错事伤害了她，但是我深信一旦我告诉她这个男人愿意承担责任，母亲受的伤害就不会那么严重，她也会庆幸我不至于成为一个未婚妈妈。

按照习俗，发生这种事时，我们会叫来几个男性亲戚，他们可以是托洛和布何勒族的人，也可以是玛库鲁和妈妈部落的人。

部族是我们生活的保障，每人都有归属的部族，正因为如此，人人都有亲戚。当我们自我介绍时，属于哪一部族比自己的名字更加重要，因为同部族内禁止结婚。如果发现素不相识的人和自己属于同一个部族，那么他或她就成了自己的兄弟姐妹。因为我的父亲在我出生前就已去世，我和他那一族人毫无联系，所以从小我就被视为布何勒族的一员。我们决定抓紧时间，当天就去和肇事者谈判。我会和那群人一起去，因为那也是风俗。

也许是不相信这些人能代表她，也许是受了外婆的挑唆，我不知是什么原因，母亲决定自己亲自前往。到此刻为止，事情一切顺利。

“我们跟他们讲，让他们别把这些单身男人安置得离我们这么近，可这些白人总是不听。”当意识到我们去的是营区时，一位年长的男人这么说。担心影响，我之前没把消息透露给他们，因为有一个词专门用来形容经常光顾营区的女人。

我事先跟姆特特勒里说过我们要来，所以他一直在等我们。怎么看，他都不是一个男孩，但他也不老。我们从没谈论过年龄，但是我知道他“很自豪能和一个这么年轻懂事、温柔体贴的尤物在一起”。我喜欢他为我的年轻骄傲，我想，这意味着他不会离开我。哦，是的，我也许是还小，可我耳濡目染过太多男人厌倦女人的故事。因此，我把我的年轻看成是一种优势，这样他才会喜欢。

我对内特雷格之行的记忆，有些鲜活生动，有些又模糊不清。我能想起为我们开门的那个妇女的脸。她的眼角都是鱼尾纹，头发黑里带白，粗糙地梳成一个髻盘在脖子上。我记得我被带进了里屋，我想是一间卧室，为什么会这么想，我也不清楚。我依稀记得房里有些家具，我闭上双眼想看清楚时，房间却模糊了，里面空空如也，只有一个矮壮的女人，肌肉下垂，像年老的摔跤手。

我也记不起来她对我说的是英语还是阿非利卡语。事实上，她叫我怎么做时，是跟我说话，还是对我打手势，我也想不起来；我也想不起她是微笑还是皱眉或是面无表情。不知出于何种原因，这些记忆都已被我从脑子里清除。

记得的从未离开我的记忆，但另一方面，不记得的以惊人的速度被遗忘，一周内，它就已烟消云散，而且，它已被收藏至安全的地方，不再骚扰我。对此，我甚是感激。

但是有些感觉，像龋齿里的牙菌斑那样顽固，深深地烙在了我心里。

她把报纸铺在地上。房间里只剩我们俩，母亲和苏夫人留在了外间。我记得有一碗肥皂水，看起来很干净，她往里蘸了一下手指，然后让我张开大腿，张得大大的。

一只潮湿的手摸了我，温的，我记起当时的感觉，哦，那碗水原来是温的。她往里塞了一个又冰又滑的东西，尽管它没男孩的那玩意儿大，但还是遇到了阻力，不过就一小会。然后，它就冰冷突兀地进入我的体内，越来越深，我弓起背，等待疼痛的降临。我双眼紧闭，就像一只坏了的蛤蜊。我听见牙齿咯咯作响，一种难以名状的气味缓缓地飘进鼻孔。

结束了吗？我想知道。我放松下来，预想的疼痛没有来临。我开始思考这是一个集体记忆放大个人经历的例子。我告诉自己，一定是夸张的故事听多了，可故事并非事实。马上我就更正了自己的看法，它坚实有力地唤醒了我的种族记忆。

这种感觉就像先喝了汽油，再在嘴里点了根火柴。我五脏六腑都着了起来，熊熊燃烧的火焰在身体里不断挤压、膨胀，我感到肚子都快炸开了。我扭动身体痛苦地呻吟，眼泪哗哗地流了下来。我浑身发烫，火把内脏化成了液体，四处流淌。

恐怖的尖叫声刺破了我灼热的耳膜，那是疯女人的尖叫，还是一个将死女人的呐喊？

那个女人给了我一片药丸。之后，她叫了门外送我来的两人。母亲搀扶着我走出房间走向汽车，她那善良的雇主伸手去掏钱包。我不知道，她付给那女人的钱是否会从母亲的工资里扣，我也不关心。那个时刻，我怀疑我什么也不会关心了。我确信我快死了，我的双腿确认了这一点，它们失去了知觉。它们像灌了铅一样沉重，这点我倒是感觉到了，我走得很慢。这可恶的重量使最多十二米的路程变成了长途跋涉。我感觉身体里栖息了某种邪恶的力量，我每向前走一步，它就把我往后拉两步。过了一个世纪之久，我们到了汽车那里。

我一个人坐在后座。母亲和威尔金斯夫人坐在前排。我伸开四肢，占了所有的座位，后面本能坐三人。我的脊柱也死了，我坐不直。我的腹部，腿部，还有其他部位，一切都在灼烧。

很快，我们就到家了，天还没有全黑。“挺起胸膛，笔直往前走。”我们担心邻居说三道四，母亲不想给他们谈资。母亲不想他们有任何的闲言碎语，她是天主教母亲协会的成员，而且是非常杰出的一员。绯闻会毁了她的名声。

那天深夜，一辆救护车把我送入了半岛医院。当晚更晚些时候，在值班医生的帮助下，我失去了我的儿子，我的血肉。

那天是失去的日子！我的童年丢了，从此一去不复返，跟着失去的还有女人生命中特殊的东西。倒不是因为多年以后我知道自己无法生育，不是这个原因；也不是因为从此我无法享受性的欢愉；更不是因为男人的阴茎一插入我的身体就会唤起多年前我体内滑出东西的记忆。不是因为这些，也不是因为我身上藏着阴暗恐怖的秘密，我是担心这个秘密终有一天会被发现，它能解释我为什么喜欢给婴儿特别是小男孩洗澡。不过那都不是困扰我的问题。

朋友们知道，我不上班时，他们可以指望我帮忙照看孩子。是的，在那之后，我回到学校继续上学。感谢苏，这个女权主义者，她出钱让我受了教育，如今我是一名合格的助产士。

可她永远也买不回我那天失去的东西，那天是她带我去的内特雷格。谁都不行，也没有任何东西换得回那天我在那里失去的童真。那天原本是姆特特勒里下聘娶我为妻的日子。

十五年前，姆特特勒里来开普敦打工，那时他大概十六岁上下。

自那周日我们去营区向我孩子他爹索要彩礼之后，母亲像换了个人。那天，母亲见到了姆特特勒里，并认出了他就是我父亲。

因此，三周后，我去了内特雷格。就在复活节那个周日，那时我大约十四岁。

玛德珞莫

初次见面，她看起来年纪就很大，老态十足。她不仅显老而且还像生了什么病，她的坐姿、椅子总有点奇怪。否则她看起来不会像长在沙子里一般，一动不动，你都怀疑她是否还在呼吸。

我们刚搬到NY72街[①]，我站在门口向外望。街对面我家斜对角的地方有一幢双联式住宅，她就无精打采地坐在其中一栋房子前，椅子看起来摇摇晃晃，浑圆的肩膀弯着像是压了千斤重担。记得我当时心想：为什么她不把身上那厚重的大衣脱下来呢？她干吗要穿那么一件大衣？她坐的那玩意不会翻下来吗？

没错，我想，就这点，她引起了我的注意。在西开普敦炎热

---

① 在古古勒图（Guguletu）这个离开普敦不远的黑人城，街道基本以字母加数字形式命名，NY代表的是“Native Yard”，即土著院子，不过现在街道正被重新命名，如NY1这条主街已更名为“Steve Biko Drive”。

的夏季，一个阳光明媚的早晨，她穿了件大衣。这种季节，哪怕在早晨，天空也是热得发白。大衣看起来很厚，颜色深灰，这件大衣哪怕在冬天穿也不是很合适。这里是地中海气候，冬天都用不上这样的防护装备。这件衣服对这里的冬天而言有点太过厚重了。

等到大脑开始破译这幅画面，我意识到她坐的并不是椅子而是一个煤油罐，罐子破旧生锈，明显里面空空如也。从表面痕迹看，它有一段光辉岁月，凹槽内、裂缝遍布，部分地方突兀地隆起。即便她体重很轻，它还是不堪重负，深浅不均地陷入沙地里，醉汉似的蹲着，令我们感觉坐在上面的女人体畸背驼。大衣下面露出了一块纸板，那是保护双脚用的。

沙堆里这一动不动的孤独身影自有某种吸引人的力量。在她周围，院子里随意散落着各式各样的垃圾：旧罐子，空瓶子，破布，纸屑，骨头，以及很久之前的食物残渣。这些东西在古古勒图的院子里随处可见，毫无遮掩，正如世界上任何贫民窟的院子，也无人会去遮盖。哪怕暗褐色的沙子也无法令人想起它曾是白色的事实。

搬家带来了大量的家务，不久我就回到房内，一时忘记了她。我把新房里的东西归置到该放的地方，努力使古古勒图千篇一律、了无生气的房子看上去有所不同。我用乳房止住了婴儿的高声啼哭，准备好其他孩子放学回家后要吃的食物，做完这些，我就没时间瞎想了。

那日快到傍晚，门口响起了敲门声，随后传来了“玛德珞莫能进来吗”[①]的问话。“请进。”我边回答边向前屋走去，门口站着椅子上的那个女人。

我吃了一惊，她看起来并不是很老，可能也就中年上下，但绝对不老。我注意到，她很瘦，近乎憔悴。

“请进！请进！”我赶紧说话，她一直站在门口等着我的邀请。她走了进来，我指指椅子示意她坐下，这妇人今天第二次让我感到惊奇。

她的步伐虽软弱无力，却给人一种雍容华贵之感。她把身体挺得笔直，小心翼翼地慢慢走着，好像头上顶了一篮生鸡蛋。她走到椅子边，轻柔地坐了下去。

她用歌唱家般沙哑低沉而又恰到好处的声音对我说，她是玛德珞莫，住在街对面。我告诉她，今天一大早她坐在外面时我就注意到了。

“那你早上之后就没出来过吧？我一整天都坐在那里，不只是早上。”

也许眉眼之间我流露出了对她能拥有这么多自由时间的羡慕，稍过片刻，玛德珞莫就加了一句：“肺炎，你听说过吧。”

她一脸病容，但间或闪现的美丽让我无比震慑，那是真正的

---

① 原文为“Angangen’MaDlomo”。

不加修饰的美。玛德珞莫有一张我见过的最安详的脸，多年以后，这略带悲伤的美丽还在我脑海里挥之不去。憔悴和瘦削的容貌遮盖不了骨头的古典风韵。颧骨高挺，眼睛炯炯有神，眼神中的率真，你只能在刚出生的婴儿或是疯子身上才能见到。

接下来的日子，我亲眼见证了那天她所说的话。就像有钱的退休人士一闻到冬天气息就去温暖的地方旅行一样，玛德珞莫在自家院内到处寻找充足的阳光。但是，她的四季就标示在厨房柜子冰冷的闹钟圆面上，它们非常短暂，相互匆忙追逐。她的椅子跳房子般地追赶着阳光，从这个地方挪到那个地方，身后是又阴又长的变形的房子影子，这是她追逐的太阳无情地留下的。一整天她就这样晕头转向地四处移动，好像在玩慢动作的抓捕游戏。

随着闹铃第一声响，她丈夫起床，她也就跟着起床。他一出门上班，她也离开家，前往肺炎治疗诊所。两人一起出门，一起走到NY1和NY3a两条街的十字路口。在那里，他往左拐，去火车站，而她继续沿着NY1直走，经过NY50上的卫斯理教会小礼拜堂，然后走到NY3的街角。再向右拐，她就到了诊所。

等大部分人起床时，玛德珞莫已坐在她的椅子上，所谓椅子就是那个倒置的煤油罐，上面垫着当天她随手弄来的报纸或碎布。

几年下来，我对玛德珞莫已相当熟悉。

幽默，狡猾，迷人，她成了我家的常客。随着时间的流逝，我对她及她不为人知的过去都有了很深的了解。

在我成为她邻居的前十五年，她遇见了她的丈夫托洛。他们育有两儿一女，儿子们已上学，女儿才五岁，过两年才能入学。

他们邂逅在开普敦，这个他们打工的城市。她想逃离贫穷的格拉夫来内[①]，在那里，她唯一的就业机会就是去条件艰苦的布尔人农场打工，而打工其实是契约奴的委婉说法。托洛呢？他老婆经常非常自豪地说："托洛到开普敦来寻找一切，除了他自己的人性。他从小吮吸母乳长大，又得到族人的悉心照顾，他从不知道他的人性会有争议。他在开普敦得到的教训是，他平生第一次发现，有些人不是很确定黑人是否有人性。"

这两个远离家乡的年轻人相遇了。他的手从没握过笔，所以她就教他读书写字。"我教他怎么拿笔，我握住他的手，生命中第一次他开始写a，e，i，o，u。"

玛德珞莫是教会合唱队的一员，因而托洛皈依了基督教。在受洗之前，他没有参加过任何有组织的宗教，那年他大概二十五岁。他的信仰很单纯，与族人、自然以及祖先之神卡玛塔[②]和平相处。他对人很友善，比别人对他还要友善。

他们相遇时，玛德珞莫是个城里姑娘，她教了托洛一些现代

① 格拉夫来内（Graaff-Reinet）位于南非东开普敦省，是南非第四大古老的城市。

② 卡玛塔（Qamata）是非洲东南部科萨人最重要的神，是太阳神和大地女神之子。

生活的乐趣。她打网球，学过交际舞，喜欢漂亮衣服。他学会了那些去过白人城市的黑人男子的穿衣打扮方式。尽管网球一直都打得不好，但他也会挥球拍，知道怎么计分。令谁都想不到的是，他居然成了交际舞高手。

交往一段时间后，他们就结婚了，然后，又有了孩子。

生下第一个孩子后，玛德珞莫继续在白人家里干活，为他们做饭、搞卫生、照料孩子和洗熨衣服。

“小孩断奶后，我们在黑人城找了位老妇人照料孩子。由于年纪太大，她已经无法在白人厨房工作。我们商定了价钱。周四和周六，我有半天假时就跑去看他。那是西撒这个孩子。”

托洛就没那么幸运了。他在码头工作，只有在周六下午不加班的时候才能去看孩子。

这个年轻的家庭需要每一分钱。要给孩子买奶粉衣物，还要付钱给照看他的女人，所有这些新开销都令他们两人不得不这么想。

不过，两人都觉得生活还不赖。

但是，当第三个孩子降生后，玛德珞莫继续工作便没什么意义了。

“我每月当女佣赚的那点钱还不够付保姆费，更别提他们日常的食物、衣服和医疗费用了。权衡各方面的情况后，托洛和我决定，我留在家带孩子，托洛不放过任何一个加班的机会，同时尽可能做点园艺工作。”玛德珞莫的雇主见她要离开很是伤心：“你和我们相处了这么长时间，我们会想念你的。”

为了感谢她十多年任劳任怨的工作，格林一家送了一件白色的开衫给她；他们从没想过她的爱好是打网球。他们许诺会把约翰[1]需要园艺工作的消息告诉朋友。这计划看似精心安排实则毫无作用，因为格林知道希拉[2]没有电话，古古勒图根本没通电话。

工作的最后一天，在把自己的东西用塑料袋打包好后，她就被塞进了家用旅行车，格林太太亲自把她送到克莱蒙车站，从那里她搭乘公交车去黑人城古古勒图。她是趁格林家的孩子放学前离开的，他们觉得这样比较好，免得孩子们在和保姆告别时心里难受，因为保姆已是他们“家的一员”。

“到达克莱蒙车站，格林太太放下我，掉了个车头说了声‘再见，希拉！’她从车窗里向我挥了挥那纤瘦的手臂，然后就绝尘而去。”

“我呢，好不容易费劲地挤上了公交车，到站时，又费力地挤下来。告诉你，车上都是人，当然公交车总是人满为患。但是那天，我因为带了那么多麻烦的袋子，上下车就更加困难。而且你知道他们有些人总爱在公交车上乱放东西。”

当天下午，她就去把孩子接了回来。夜里晚些时候，托洛回家，那是他们结婚以来第一次在不是白人的后屋或外屋过夜。他

① 托洛的英文名。

② 玛德珞莫的英文名。

们已经结婚十三年，孩子分别已十二岁、九岁和五岁。

“打那以后我就成了你现在看到的落魄样。”时间久了，我理解了她的诸多情绪。这种坦诚意味着她没有钱。由于无人求助，有时我出去办点事情，玛德珞莫就帮我洗衣熨烫、打扫房间或是照看一下孩子。无论干什么活，她都一丝不苟，但是一出我家门，她就直奔最近的酒馆。

“母亲去世，我去不了她的葬礼，但我寄了一些钱回家支付开销。之后父亲也走了，但是我连可怜的五兰特都没有。”那天她滴酒不沾。但是火山终会爆发，喷射出各种努力维持生计的烧焦的故事，努力总被系统地消解，生计一如既往地不友好，无论从哪一方面都难以维持。

她说，她丈夫已尽了最大努力。“但是吃人的布尔人就是不付我们足够的薪水。他们吸我们的血，没错，吸我们的血。”当她讲累了停下来换口气时，脸上会流露出一种疏离的眼神，之后，她小心翼翼地站起来，轻轻地抖了抖披在肩膀上的被子，不管气温多少度，我从未见被子离开过她。她站得又高又直，就像是姆西姆夫布河[①]的芦苇，蓬多族[②]高傲的国王们都用这条河的河水洗澡。

① 姆西姆夫布河（Mzimvubu River），南非一主要河流，位于东开普敦境内，流向印度洋。

② 蓬多族（amaMpondo）是南非一少数民族，他们的家园位于现在的东开普敦省原来的特兰斯凯地区，操恩古尼语（Nguni）。

她会发出“哈阿”的感叹，过后就说，她来自科萨皇族之一的德珞莫族。说完，她就“公主”一般地走了出去，好像世上的一切都不放在眼里。

托洛既不喝酒也不抽烟，像大部分皈依者一样，他比这个介绍他进教堂的女人更像教徒。他是一个很文静的男人，我从没听到过他大声说话，不论是对孩子，对邻居，还是对他老婆。最令人吃惊的是，这么宽容的丈夫，在古古勒图还真难得一见。

“我搜遍了那个文盲全身。”偶尔有几次会听到这样的评论，这表明“公主”向丈夫要钱没有成功，他拒绝给她酒钱。“我还能从他那里图什么呢?”这话告诉我玛德珞莫觉得她得不到应有的回报。

她傲气地说：“三个都养不活，还要那么多孩子干吗?”这话说起来好像她没和托洛，或托洛之前的男子约会过，没有男人她就把孩子生了下来。

我认识玛德珞莫这么长时间，她的咳嗽一直没好过。实际上，从很多方面看，她的身体每况愈下。我猜她坚持治疗的效果被她持续不断地喝酒给抵消了。

她的头发过早变灰并大把大把地脱落，初见她时那虽有皱纹却富有弹性的古铜色的毫无瑕疵的肌肤现已变得干枯，变成灰棕色，像大地久旱的色泽。皮肤长了疥癣，黑色毛茸茸的斑点像自制的面包长了霉菌一样。她的胳膊和大腿都长了脓疮，身材萎缩得只剩下支撑的骨头，只有精神丝毫未受影响。

“他外面有女人。”一天，玛德珞莫说。我没叫她解释，我知道她丈夫有外遇。托洛晚上偷偷溜出去直到凌晨才回来有一阵子了。“他这么做是为了孩子，”他老婆说，“他不想让孩子知道。”我很欣赏他能考虑儿女的感受。是的，我暗自思忖，托洛真是个男人，知道该怎么做。没必要伤害孩子，让他们有一个美好的童年吧。

但是，我不清楚是否因为养两个家太贵，还是另外那女人厌倦了做地下情人，不久，这个女人就搬进了托洛也就是玛德珞莫的家。

这在社区引发了争议，NY72街道委员会为此专门召开会议。有人指责托洛公然通奸；但也有人认为托洛是成年男子，既然他老婆由于健康状况不佳无法履行职责，那么他有权和任何女人上床。要不然这可怜人该怎么办?

平息争论的人不是别人正是玛德珞莫，她来到委员会为丈夫求情。“你们知道吗?”她说，“换作其他很多人，我老早就被扫地出门了。”许多胡子发白的老人一个劲地点头，表示完全赞同。

“但是，托洛，”玛德珞莫继续道，“不仅允许我不付一分房租住在这里，还供我吃，偶尔还……”让人生疑的一阵咳嗽阻止了她的谈话。她眼神发亮，继续说托洛有时还给她一点钱。会上的很多人忍不住笑了，大家都知道为什么别人都不愿意给她钱。她是酒鬼早不是什么秘密。就这样，托洛与两个女人和他们的孩子一起生活，因为那个女人——曼达巴很快也生了两个孩子，两个都是女孩。

玛德珞莫自己的孩子已十几岁，男孩长得帅气迷人也很有教养；他们的妹妹，虽然继承了爸爸粗犷机警的面貌，但也从母亲那里继承了良好的幽默感和充沛的活力。

漫漫长夜，玛德珞莫会向我们大肆宣扬做大老婆的好处。小老婆负责全部家务，正如这位“公主”的形象说法：“她在夜间享受甜蜜，所以白天必须干活。”偶尔某个不知趣的人挑战这不言自明的真相时，玛德珞莫就会起身，粗糙的脸上每一寸肌肤都露出不屑，她只是回答：“过去这么多年，我也是这么干的。”然后把头往后一仰笑着说：“哈哈，那时我真傻！”可即便这么说，她的双眼还是带着笑意。

这么一个开朗的人，我都忘记了她也有流泪的时候。不过，我至死也不会忘记那天我看见她哭的情景。

“妈妈叫你马上过去一趟！”一天下午，玛德珞莫的女儿芙优没敲门就闯了进来。担心她母亲病情恶化，我立刻跟着她出门。她刚才不仅没敲门，而且也没按照习俗问候我，我想只有母亲病情恶化才能解释这孩子的行为。来到户外，脑袋一阵凉意，我才发现没戴头巾，我抓过芙优的运动衫，匆忙包住了头。

玛德珞莫在前屋躺着。认识她这么长时间，我还从没见过她卧床不起。她脸部朝墙，整个人都蜷缩着，膝盖快碰到了她的脸颊。

“妈妈，”芙优柔和地说，“马科斯瓦妈妈来了。”她轻轻地拍了拍大概肩膀的位置，我站在一边看着生病的玛德珞莫满心悲伤，心里发凉。

她一动也不动，我就试着调侃她：“我看你今天特有女王范，是吧，我随叫随到。”

她还是没有反应。我走近床，意识到只能掀开被单看看到底怎么回事了。“玛德珞莫，”我轻声地说，房间里只剩下我俩，芙优早已离开，“发生什么事了？”依旧是沉默不理，我只好继续行动：“来，让我看看。”我靠近床，掀开盖在她头上的床单。

一只眼睛像牛蛙一样突出来，还在变大。不用一两天，周围就会全部瘀青，我都担心她这只眼睛是不是会就此毁了。一条汗巾模样的白色粗糙的绷带软绵绵地围在额头上，就在我盯着看的瞬间，红点渗了出来，变成一个个小孔，小孔汇聚在一块成了一朵小花。绷带变湿了，越来越湿，把头上的白色染成了胭脂色。

“天哪！”我脱口而出，“你怎么了？”

眼泪从另一只好的眼中唰唰流了下来，她回答道：

“托洛的小老婆，那个贱货打的。”

我看着，她的眼睛越来越肿，鲜红与紫绿在争奇斗艳。浓稠的液体渗了出来，顺着脸颊弯弯曲曲地流淌下来。

“那个连自己姓名都不会写的贱货居然敢拿脏手碰我！”

事情还是不可避免地发生了。玛德珞莫和曼达巴大吵了一架，缘由是鸡毛蒜皮的小事，事后两人都这么说。

年轻的小老婆推了玛德珞莫一把，玛德珞莫由于身体过于虚弱忍不住滑倒了，并一直滑到放置炉灶的屋角。她头上就这样开了一大口子，左眼的眼角撞上炉灶的门把手。

在医院前台工作的邻居尽其所能地帮她处理了伤口，玛德珞莫断然拒绝去医院。也就是从那时起，她开始绝食，威胁、诱哄乃至是贿赂全不奏效。

我从未想过玛德珞莫还可变得更瘦。可在她进行自我哀悼的那两周，我知道自己原先的想法是何等错误。我一天天看着她消瘦下去，附在骨骼上的皮肤紧绷透明，令人联想起生理课本上的插图。

自打那次告诉过我她和小老婆吵架后，玛德珞莫就不再提那个女人，直接间接都没提。从那天起直到她去世，她也没有因自己的情况指责她。“我又不和女人结婚。”只要有人试图劝其和好，她就会如此反驳。“我没有老婆。”她会补充道。之后就保持自己的平静，拒绝在言行上和曼达巴有任何瓜葛。

在整件事中，托洛就像一个夹在老婆和母亲之间的男人，优柔寡断，犹豫不决。玛德珞莫越是固执，托洛看起来就越缺乏决断。他一会儿在这边，一会儿在那边，这边那边，哪边都没进展。

当托洛不知所措或是不明白到底谁该对家里的过错负责时，玛德珞莫表示她失望至极，觉得被爱背叛。

“我从没有违背诺言。”她无须多言。她到底许下过什么诺言？那日曼达巴推了她之后她就伤害自己，比我们所见的更加厉害。显而易见，比起心灵的创伤，她身体的伤痛根本不算什么。

两个星期，这个原本活力充沛的人躺在那里一声不吭，她已做好准备面对死亡。

“走了[①]，玛德珞莫。”一次，她微笑着预测自己的离去。这种情景太过绝望让我无法不当真。

然后，她走了，真正地，在法律上和生理上离开了。有时我想，其实那天她被迫承受了她所不能承受的东西之时就已离开了我们。她选择了放弃。

当她去世的消息终于传来，我想对大部分人而言是如释重负的。

他站在那里，像坟墓里跑出来的幽灵；他站在那里，鬼样的身躯发出哀号，足以把死者叫醒。人们埋好坟墓，仪式结束，可他一动不动。托洛在墓边摇摇欲坠，肩膀伴随沙哑的呜咽声起起伏伏。他在哀悼逝者，直到那时我才看出他有多哀痛。

---

① 原文为科萨语“Uyahamb’ uMaDlomo”。

“公主”去世后，人人都说，托洛像换了个人。他变得不像以往那么安静，最近又添了一种说不清道不明的感觉。他经常两眼通红，许多人说他仍在为死去的妻子流泪，这给第二任老婆带来了负担。

在NY1和NY3a两条街的拐角，即在托洛早上往左去火车站而他妻子沿NY1直走去肺炎诊所的地方，一天，在上班路上，他被一辆公交车撞倒并当场死亡。

托洛死的那天正好是玛德珞莫去世一周年。

两个女孩一座城

我必须申明，这不是一个童话，相反，它到处充斥着令人难以接受的事实、插曲和事件。所以，如果你纯粹是为了娱乐，那么就此打住，去找那些以“从前”开头和以“之后他们幸福地生活在一起”为结尾的故事。

故事发生在很久以前，但也不至于久到记忆模糊。这是个沉痛的故事，沉痛得我都没意识到自己决定将其深埋于心并带着它一起生活。毕竟，这个故事和我毫无关联。但是事情发生在开普敦这个闻名遐迩的美丽城市，发生在同一天的不同地方，想起来还是令人伤感。

她们非常年轻，正处于人生最美好的前十年，真的还只是孩子，小女孩。

开普敦的夏日，骄阳似火，阳光让老老少少都生机勃发。太阳把长长的光线从容地洒落在高山、平地和土丘上，恣意而又均匀。热力袭人，衣服紧贴着皮肤。不论身处郊区的公寓和棚户，还是居于市中心的房子，人们脑子里的第一个念头就是逃离这个火炉。

“妈妈！妈妈！我们现在就去海边吧。”妮娜大声叫嚷着。这个快七岁的孩子今天已经请求了无数次。“求你了。”两只蓝色的大眼睛炯炯有神，睫毛又黑又密，无论是比例、色泽，还是形状，都让人想起向日葵，圆得近乎完美。

范尼凯克夫人宠溺地笑了笑说：“亲爱的，弟弟需要午睡，记得吗？我们想让他快点长大，是不？”她一边朝她女儿诡秘地眨了眨眼，一边摸摸身边学步车里儿子的头发，他正在来回摇晃。

妮娜点了点头，懂事地眨了眨眼睛。帮妈妈管束提摩太让她感觉自己已经长大。她是大人了，不会再急躁难耐，他们可以晚点再去海边。正如她妈妈说的，小提摩太需要睡眠，这样他才能长得又高又壮以后打橄榄球。也许他能像妈妈的爸爸一样成为羚羊队的一员。

为了让像提摩太这样笨拙的小男孩快快成长，妮娜大声宣布：“我去房间打个盹，或者我可以把没看完的书看完，那本书还剩最后几页，这样明天我们就可以去图书馆了。那是我要看的最后一本书了。”但是几分钟后，当她妈妈上楼查看时，她已酣然入睡。

十二千米以外，一个母亲也正在和她女儿说话，她背上还绑着个婴儿。一场较量正在母女之间进行。法姆拉想把衣服脱光。她刚来开普敦，不明白为什么这个地方不允许小孩光着身子四处跑。

“哎呀！法姆拉，别脱你的裙子！还有裤子！”母亲提高嗓门，以示命令的重要性。

“可是，妈妈，我都快被太阳烤焦了。”女孩听起来无精打采。母亲严厉的言辞使她屈服，但是，她回答时又带着自己的坚持，这令母亲忍俊不禁。

诺伦吉尔·德扬提理解女儿的感受。她心想，这孩子都快热死了，但是我又能怎么办？总不能让她在男宿舍脱光衣服吧？这可不合适，这些男人又不是一起长大的亲戚。这里也不是自个儿村里，那里人人认识彼此，知道对方的牛长何样，父母是谁，和谁结婚，孩子是哪个。这里都是陌生人，他们不认识法姆拉，也不认识她父母。是的，她还是个孩子，但是，现在同一屋檐下的人都互不相识。

几周前，法姆拉和妹妹诺多里（意思是玩偶，因为她出生时非常小）随母亲来到开普敦。她爸爸在开普敦的船坞打工，他们来探望父亲。诺伦吉尔希冀这次回村她能生下第三个孩子。诺多里已四岁，时机正好，她此次前来就是向丈夫要孩子的。上两次她回甘谷鲁鲁，肚子什么动静也没有。她那心直口快的婆婆早已开始提醒她“到这家来就是添丁加口的”。

她在做饭，天啊，房子四面红色的砖墙总让她联想起焰火。屋子里住着她丈夫和其他八个男子。她知道自己的想法有些荒唐，但阵阵干热从这些砖墙散发出来，炙烤着她，她俨然像坐在一大堆篝火旁。更多的热量从屋顶淡灰色的石棉板上照射下来，没有隔热天花板也没有石膏层。单身宿舍一切从简，完全没有家的样子。

“给你四十分，到店里去买点姜啤来，这样我们就能凉快点。”

远处墙边立着一张摇摇晃晃临时搭成的桌子，上面没铺任何桌布，桌子底下的东西一览无余。一排排形状各异、颜色大小不一的瓶子摆在那里。法姆拉拿起一个空的饮料瓶，从妈妈手中接过钱。这种饮料瓶是公制制度的产物，在南非的城市里叫斯达德拉[1]，昵称“胖妞”。小女孩大步走出房间，瘦长棕色的四肢像是明亮粉蓝的法兰绒裙子上长出的枝条，裙子是诺伦吉尔为这次来开普敦专门给她做的。她知道该去哪里买东西，十五号店，他们总是附赠落葵[2]。

小女孩步履轻快地穿过未铺路的院子，院中的沙子都已变黑，杂草丛生，她走出了营区。两分钟后，她已在NY1大街。她短暂地停下来看了看有没有车辆往来，确认安全后过了马路。再经过

① 原文为阿非利卡语“sidudla”。

② 原文为“basella”。

商店后面的空地，拐个弯她就到了十五号店，就在拐角的第三家。

时间刚过中午，店里只有两位顾客。不到十分钟，诺伦吉尔和她的大女儿就用锡杯喝着冰凉的姜啤，小女儿诺多里，睡得正香。法姆拉还吃了两粒黏糊糊的牛眼糖，落葵紧紧地缠绕在左手上。

几乎同一时刻，在不同的住处，范尼凯克夫人和两个孩子也正在消渴。提摩太喝着新榨的橙汁。他胖嘟嘟的手指尚不能熟练地握住奶瓶，时不时需要别人帮他拿起奶瓶或是对准奶嘴。可他决不让母亲帮忙，头摇得像拨浪鼓，嘴里发出咕噜咕噜的抗议声，活像头小猪。他姐姐正小心翼翼地啜着奶昔，母亲却喝着一大杯冰茶。所有这些饮料都是从他们自己冰箱里直接拿出来的。

三人坐在走廊上。房子高高建在桌山的山腰，科林·范尼凯克坐在白色藤椅上，俯视着蓝得刺眼的广袤大海。她懒散满足地注视着她这边的沙滩，那里巉岩直立，能够抵挡猛烈的东南风，而且资源丰富，是妮娜探险的好去处，所以她经常带孩子去那里。妮娜喜欢在浅滩闲逛，有时搜集贝壳，有时只是着迷地盯着小生物，观察它们爬过沙子，钻进沙堆，或在岩石间的潮水坑里漂浮，在大圆石下筑巢。她那持续的热情和恒久的耐心令父母开玩笑说他们家将会出一位海洋生物学家。“看看她能不能拿个诺贝尔奖回来。”皮特·范尼凯克会很认真地说。这孩子对海洋生物极度着迷，她可以几个小时纹丝不动地坐着观察那些忙碌的生物。

这位未来的海洋生物学家突然闯了进来，打破了母亲的遐想。“好了，好了，叫希尔达过来帮我照顾提米。”母亲边说边去拿刚才忘记在玻璃桌面上的冰茶。当妮娜出现时，她正瞅着最后一口茶并犹豫喝还是不喝。保姆紧跟其后。范尼凯克夫人把杯从身边推开说道：

“希尔达，我一会带孩子们去游泳。如果先生打电话来就告诉他我们六点之前回来。现在你能帮我把东西准备好吗？我先去换衣服。”

说完指示后，范尼凯克夫人就离开了，她知道希尔达能弄好，妮娜出生前她就已在这里。

夫人朝房内走去，保姆绕着房间走到晾衣绳前，之前游完洗净挂在那里的泳衣正在微风中飘扬。

“不，我不要那件。我要穿比基尼。我不喜欢那件。”妮娜说。希尔达把妮娜之前最喜欢的“那件”放在桌子上，伸手去抱婴儿，心想：“呃，这孩子满嘴胡说八道，我还是先弄他吧。”

提摩太可好弄多了。希尔达给他从头到脚洗了一遍之后，给他换上内衣和尿布，帮他穿上防水的艳丽红短裤，再用一顶相配的帽子盖住他乱蓬蓬的黑发。

保姆这才转向小公主，问她：“你确定你要穿比基尼？”经验告诉她，类似的骚动过后，妮娜会改变主意。就在上周，她妈妈让她把棉袍套在泳衣外面，她就一直大声嚷嚷。夫人最后都放弃了，可妮娜一看见她爸爸穿着袍子走出房间，立马又改变了主意。

“当然，我肯定。你可以把那件泳衣拿给你孙女，你知道我不会再穿了。”

希尔达还来不及说话表示感谢或拒绝，妮娜已冲进房间大叫：“妈，我想把那件橙色的泳衣送给希尔达的孙女。妈，你听见我说的了吗？”然后她又冲回阳台。希尔达心想，这孩子真是精力充沛。她大声地对妮娜说：“给你。需要我帮忙吗？”

“当然不需要。”虽然她没真跺脚，希尔达却感觉妮娜谢绝帮忙时跺了跺双脚。

很快，三个人都已准备妥当。提米坐在手推车里，妮娜穿着一双蓝色的夹趾拖鞋，脸上架着一副白色的太阳镜，头戴一顶红舌白帽，身上穿的是不久之前引发骚乱的蓝红白的比基尼。母亲身材娇小，身体的每一寸肌肤都在表明她多年做有氧运动并收效甚好，下山时，她心里正想着事情。她身穿清爽的白色棉服，这更加衬托出那小麦色的皮肤。

希尔达站在门阶上，向他们三人挥手告别，脸上写满了欢乐。

尽管古古勒图二区与家庭住宅区仅隔一条不宽的街道，但居住在两个区的孩子却像中间隔着一堵水泥墙般缺少交流。艾伦妮，另一个民工小孩，腼腆地叫法姆拉出来玩耍。她刚刚捡到三个空罐子，分别是果酱罐、奶粉罐和炼乳罐。最后一个罐子不知什么原因已有点被压扁，这些废弃的罐子在城镇荒地会遭遇许多危险，收拾垃圾和许多事情一样只是一时兴起。艾伦妮在扔球，那是一个破旧不堪的橄榄球，估计是离营地千里之遥的哪个人丢弃的。她使劲地把球扔到高空，一边啪啪啪地拍手，一边跑向球有可能落地的位置。球下落的时候，她目不转睛地盯着。她抓到球，再把它往上扔，大声叫喊："法姆拉，出来玩了。"[①]

这样呼叫了几次，法姆拉终于从房里出来，她跑向她的朋友："玩什么？我们玩什么？"激动无比地喊着。

"三个罐子[②]。"艾伦妮把罐子垒在一起回答道。

三个罐子游戏，顾名思义，涉及三个最好尺寸不同的罐子。这个游戏要求参与者射击精准，身手矫健，动作迅速，手眼协调，腿脚敏捷，躲闪灵活。

两人商定法姆拉先玩。她拿起球，离开射击圈一段距离。射击位置她们已用棍子在沙地上画好。

小心翼翼瞄准一番后，法姆拉直接把球扔向了叠成三角形状的三个罐子，又胖又高的雀巢奶粉罐是底座，果酱罐在它上面，最顶端的是体积最小的炼乳罐子。

她朝罐子扔了两次，两次都没中，法姆拉知道她还有最后一

---

① 原文为科萨语"Phumla, yiza sizokudlala"。

② 原文为科萨语"Drie blikkies"，下同。

次机会。在三个罐子游戏中，每人只有三次机会。法姆拉放慢速度，小心谨慎，不慌不忙地瞄准目标。这次出球她不再那么用力，却更加精准。

球击中罐子发出声响，随后罐子相互碰撞弹了起来，落地时撞到其他垃圾又是哐当作响。

看球滚远了，法姆拉就径直去追飞出去的罐子，她把罐子一股脑儿推到她们刚腾出的空地上，自己也爬到了那里。等她把罐子垒好，艾伦妮已捡了球回来。法姆拉胜利地欢呼："击中一局！"

接下来三局，她一次也没中。还没等法姆拉把罐子叠好，艾伦妮就把球捡了回来。艾伦妮一边拿球击她，一边喊："你输定了。"

轮到艾伦妮了，她若不赢个十二局绝不会放弃游戏的掌控权。她精于躲闪，法姆拉拿球袭击她，即便没搭好罐子，艾伦妮朝右边做一个假动作也能逃脱。法姆拉把球扔向她，她要不向左一转，要不让自己平躺在地上，轻松逃脱。或者，她蹦得老高，让球直接从身体下面穿过去，她像是骑着扫把的女巫，球飘浮在空中。

在开普敦海角的罗克兰兹海滩，妮娜正玩得不亦乐乎。他们一到达固定地点，科林·范尼凯克就支起太阳伞，摊开浴巾，并把随身携带的凉鞋、太阳镜、浴袍和袋子一股脑儿放在上面，以免浴巾被风刮走。眼下还是微风拂面，不过她知道瞬间就有可能狂风大作，吹走毛巾。

等妈妈把一切弄妥，小女孩已经在和浪花嬉戏了。

科林加入了女儿的行列。“水怎么样？”她边问边用左脚脚趾试了试。提摩太在她怀里扭来扭去，等不及要自己下去和浪花一起玩。

“水超级棒。我能往里走了吗？”这是妮娜必须遵守的规则，只有在大人看着的情况下，她才能进入海里。“嗯，去吧，宝贝，我和你弟弟留在这里。”

妮娜是游泳好手，她向前游出好几码才回过头来向妈妈挥手，然后再奋力地游回来。她和提摩太玩了一会儿，就把头埋在沙里躺着休息。

她又游了几个来回，并在妈妈去洗海水浴时，在太阳伞下照看了一会儿弟弟。妮娜想去寻找“珍贵”的贝壳。对这个小女孩来说，只要是她以前没见过的贝壳都算珍贵。

母亲看着女儿信步走远，心里思忖着：什么时候她才会感到厌烦，不再缠着她寻这找那。毋庸置疑，她来这儿可不是为了游泳。范尼凯克夫人笑看着优雅的人影消失在角落里，孩子对那些地方如此着迷。母亲心想她真是皮特的女儿。皮特·范尼凯克在结束格鲁特索尔医院繁忙的教学任务后，几乎把每一分钟的空闲时间都花在海滩上。夏天，冬天，任何时候都是如此。

人流稀少，她能轻易地看见妮娜在太阳伞下小心地穿梭着。

妮娜在他们伞下稍作停留，母亲猜测她在拿水桶，或是把拖鞋留在那儿，然后望着她再次匆匆离开。这一次，妮娜朝科林坐的相反方向走去，科林面朝大海，看着提摩太在追赶浪花，海浪被拍死在又冷又湿的沙滩上。

两个朋友也玩腻了三个罐子游戏。由于比分过于悬殊，法姆拉早已厌倦与对手一争高下。一下子追球，一下子追赶跑得快如赛马的艾伦妮，还要躲避对方致命的触杀，她全身大汗淋漓。

幸运的是，诺莫里佐，营地里另外一个小孩也出来玩了，她手上还拿了条绳。三个女孩决定玩跳绳游戏，绳子主人先跳，另外两位负责甩绳。

她弯腰，

她弯腰，

她拍手，

她拍手，

她转身，

她转身，

她坐下，

她坐下，

她躺下，

她躺下！

拿绳的两位喊口令，中间的跳绳人按指令做动作。绳子甩一下，停一下，再甩一下，再停一下。在停顿的间隙，跳绳者需执行正确的指令：听到“她弯腰”[①]，她就弯腰，听到“她拍手”，她就拍手。当听到五个指令中唯一的阿非利卡语动词“转”后，她就转个身。第二步必须包含第一步，第三步必须包含第一和第二步。再接下来是“跳——表演，跳——表演”，绳子暂停围成圈。

如果玩的人通过“转身”，那么在最后两个指令中，她就会大显身手。“她坐”要求杂技演员般的敏捷，“她躺下”总是会用科萨语再翻译一遍，也许是为了强调：她躺下，睡觉！她躺下，睡觉！节奏、声音、动作都完全同步。在这个时候，她就得跳，躺下，起来，再跳，跟着节奏。出于特定的原因，当喊她躺下时，节奏就会加快！

游戏的复杂性再加上对跳绳者或玩游戏人较高的体力要求，确保了没有女孩能在中间待很长时间。正因为如此，游戏者会玩得忘了时间，因为谁都不会在中间待太久从而把自己弄得筋疲力尽。

又轮到法姆拉在中间，她都不记得这是第几次了。她玩得不亦乐乎以至太阳西斜都毫不为意。

---

① 原文为“omdraai”。

与此同时，妮娜也漫步在礁石之间，石头虽然不高但还是遮住了她的身影。她在水坑里来回走动，四处探索，双眼像福尔摩斯般锐利警觉。不一会儿，她的眼里就只剩下那些美丽的物件，它们色彩缤纷绚丽，形状奇特迷人，动作令人惊叹。小女孩对这些小生物的世界如数家珍，它们活力四射、物种丰富、数量充沛，看起来从不休息。

“法姆拉，法姆拉！”诺伦吉尔高声叫喊。她的乡下嗓门早已习惯从这家穿透到那家，从河流传到田野；可在房子密集如蚁冢的城市街区里，这声音听起来有些刺耳。她站在宿舍门口，见不着女儿，心里有些忐忑。她嘱咐过女儿，让女儿就在门口玩，现在太阳已下山，父亲也快回来了。

“妈！”传来了女儿的回应声。母亲搞不清楚她在哪里，女儿的声音里有一种毫不掩饰的反感，她知道法姆拉正玩得开心。真是遗憾，可她有自己的教育方式，母亲这么想。

“嗨，回来！回这里来！”[1]

“过来！”陌生男子安静低沉地命令，双眼紧盯着孩子的眼睛。

---

① 原文为科萨语：“Heyi，buya！Yiz’apha！”

妮娜没有听到有人靠近的声响；现在她很好奇他从哪里来。她想起左手的贝壳，那是她所见过的最珍奇的。她敢肯定，她父亲也从没见过这种贝壳。它非常精致，就像蕾丝，色泽如此丰富、如此明亮……

几乎是条件反射，她张开左手看着贝壳，很快她的视线就转到高大威武的男子身上。

事情发生得如此之快：这个男子让贝壳滑落回水里，她挣扎着站起来，却发现陌生男子已堵住了她的去路。

妮娜发现自己过不去，就站在原地，心想：妈妈在哪里呢？她会来找我吗？我不喜欢这个人。她听到自己的心在怦怦直跳，犹如她家乌帕福斯特农场的马蹄声。

“法姆拉！法姆拉！法姆拉，再不听话我就要揍你了！回来！”[①]

大步一跨，胳膊一伸，这个男子抓住了小女孩。小女孩边哭边后退，吓得睁大了双眼，嘴唇发干。

“我来了。[②]”恼怒逐渐变成了无礼。孩子总是用恰当的名字

---

① 原文为科萨语：“ndakukubeth’ ungeva nje!’‘Buya-aa!’”

② 原文为科萨语“Ndiyeza-a-a”。

称呼大人，法姆拉说了“我来了”之后，怎么不加上“妈妈”呢？

“M-a……”他一手捂住了她那张开准备尖叫的嘴巴，所以她都没来得及叫出第一个字。

妮娜挣扎着，用尽她所有的力气剧烈地挣扎，可她却像是刚出生的小鸡被困在老鹰的魔爪里。

法姆拉父亲希望自己下班后能在屋内看到孩子。看着女儿不情不愿地进门，垂头丧气得像激烈紧张比赛中唯一下场的运动员，他老婆想：孩子的事情他什么都不懂。他完全不了解他们。不过，他老不在家，又怎么会懂呢？诺伦吉尔为丈夫感到难过，他无法见证孩子的成长。她也为孩子感到难过，她的孩子没有真正的父亲。她很清楚这就是“约恩[①]”（科萨人对农民工制度的称呼）的真正意义，它非但没把一家人团结在一起，相反，把他们弄得像沙子一样七零八落。

钢铁一般坚硬的双手掐住了她的脖子，嘎吱一声断了，随后是一阵剧烈的疼痛。感谢仁慈的上苍，动作如此迅速，小女孩还以为在做梦，一定很快就会过去。

① 原文为“join”。

但这个新孵化的野兽才刚刚开始他的掠夺。他半拖半抱地把这毫无知觉的身体拖到小水坑几码外的丛林。在那里，他反反复复虐待这柔弱的躯体并对其大打出手，哪怕它只是安静地躺在地上毫不反抗。

“妈妈，我还想玩，其他孩子都还在外面玩呢。我也……”突然，法姆拉停止了请求。

“咚咚，晚上好！”[①]父亲的说话声令法姆拉把想说的话咽回嘴里。法姆拉在父亲面前非常安静，对他很是敬畏。对她而言，他令人害怕，是个连母亲都畏惧的陌生人。

科林·范尼凯克走出水面，在太阳崇拜者之间择路而行，他们正伸展四肢躺在沙滩上，有的接受阳光的直射，有的躲在太阳伞下。当她向自己的伞走去时，她无意识地望向人群稀少的地方，企图搜寻妮娜的踪影。

妮娜不在红白蓝伞附近。那伞是去巴黎旅行的纪念品，上面有黑色粗体字和细长的埃菲尔铁塔的图片，非常引人注目。她知道那是他们的伞，不会弄错，但是妮娜不在那儿。时不时地，她看到有人很像妮娜，但走近一看，这位母亲告诉自己，不，不

① 原文为科萨语：“Mkqo nkqo！ Molweni！”

是她。

她走过她们歇脚的地方，走过太阳伞，这个孩子一定在寻找贝壳，或是碰巧找到了一个观察窝。她走到石林那里，没有见到妮娜。她的皮肤有些刺痛，一小群鲁莽的蚂蚁爬满了她的身体，把她体内的魔鬼放了出来。要不是它们发起了进攻，她还不知道魔鬼在哪里。瘦长冰凉的手指捏住了科林的心……并挤了一下。

没有在富饶的发现地找到妮娜，母亲匆忙回到伞下。她想："科林，你这是杞人忧天。"她放慢脚步，长长地吸了几口略带咸味的空气，空气突然之间变得又厚又稠。伞映入眼帘，凄凉得像被抛弃的房子。

到达伞那里后，她把提摩太放下，然后焦急地查看海边。

提米从伞下的凉荫里爬了出来，这分散了母亲的注意力，但只是一小会。她把他抱起来，绑到小车里。

她眯起眼睛，把手放在眉毛上，仔细地在海滩上寻找。成群的孩子吸引着她的注意力。她特别留意独自一人有可能和妮娜聊天的大人，还有任何四处闲逛无所事事的单个身影。她谨慎地慢慢转着身子，每次只看一小片海滩，时不时停下来，视线从这个人移动到那个人，希望能看见女儿，把女儿从海边混杂的人群中给寻找出来。她转了一整圈，可是依然没有找到妮娜。

诺伦吉尔把水壶放在汽油炉上，水没开就叫法姆拉把搪瓷脸盆从外面拿了进来。她把大部分的水倒进盆里，再往里加了一把盐。她丈夫开始泡脚消除疲劳。

等到水变凉倒掉之后，他喝了第一杯茶，准备吃晚饭。他碗里是捣碎的玉米和豆子，晚餐开始了。

“别慌张。”妮娜母亲大声对自己说。她试着把心中忐忑的心情压制回去。她告诉自己，女儿一定在这里的某个地方，再找找，再找找。女儿一定在海滩上，冷静。

“有没有见过一个身穿比基尼的小女孩，红蓝白的颜色？”当她拖着长长的脚步，从一群人走向另一群人时，步履沉重。她从身边的人问起，慢慢扩展至整个区域。

“你们有见过一个戴白色帽子，红色帽檐的小女孩吗？她大概七岁但是比同龄人高，有见过吗？”

她开始高声叫喊：“妮——娜，妮——娜，你在哪里？妮娜——！”但是没有穿比基尼的芭蕾舞演员向她奔来，也没有海洋生物学家因重要研究被打断闷闷不乐却恋恋不舍地往回走。大地吞噬了妮娜。

注意到她越来越焦虑，一些人主动上来帮忙。他们成立非正式的小型搜寻队伍，四下在海滩上寻找这个小女孩。不久，小风波变成了大骚动，救生员被叫来，有人还报了警。科林也给了他们她丈夫的工作电话。到那时，她才开始怀疑自己先前坚信不疑的看法：妮娜在专心观察植物、动物或是贝壳——某些回来后会一直念叨的激动人心的发现，以致忘了时间。但是现在，警察开始向她问话，警察已给还在上班的丈夫打了电话，救生员正在深黑的海面搜寻……她阻止自己再想下去，太恐怖了，她无法想象。不会的，不会是妮娜，不会是她女儿。天啊，不会是她的小女儿。她开始祈祷，自己都没发现。她祈祷着，完全没有意识到自己在做什么。

西沉的太阳向那些企图留住它的人发出撩人的挑战，它挂在桌山上，给这片安静舒适的山腰留下阴凉。如儿歌图片中的牛试图跳过月亮，太阳也做好越过桌山的准备，逃跑的太阳看起来特别光芒四射。

皮特·范尼凯克教授，享誉世界的心脏专家，在接到电话十五分钟后赶到了现场。他仍旧穿着他在实验室讲课时穿的白色防尘衣，那是他最后一节课，上完这节课，那么一天的工作也就结束了。一个半小时后，他就能回家，在吃饭前和孩子们玩耍。

他把浑身颤抖的妻子拥入怀中，眼睛一眨不眨地听完事情的经过。他把她安顿在房车里。提米也在车上，对发生的骚乱毫不知情。然后他就去向当局了解情况。他对南非警察非常有信心。

一架直升机在海滩上盘旋，探照灯扫过岩石周围，海水都失去了颜色，它以X光线般的精准在查看附近区域。

范尼凯克夫人还处于惊吓之中。她在别人的房车里，身上围着厚厚的羊毛毯，顿时，苗条的身躯显得异常柔弱。她已不再哭泣。一位医生给她喝了点什么，这发生在皮特到来之前。她把饮料一饮而尽，说不出是什么味道。她的味蕾已麻木。

离搜寻中心不远处，在大石和灌木丛之间，一个不是志愿搜救人员的散步者发现了伤残的尸体。她发出了警报。

从身体躺着的不自然姿势，人们最初以为孩子是因为滑倒而扭断了脖子或是撞到了头颅。但是，少了一件比基尼泳衣。

夜幕已降临古古勒图，只是天还没全黑，法姆拉父亲叫法姆拉到店里去买东西。姜啤只剩下一点点了，天太热它已变温，他知道长夜漫漫。

腋下夹着空瓶，手上捏着钱，小女孩向商店走去。还没走到NY1街，诺玛里佐——刚才一起跳绳的小女孩刚从商店回来，她跟在法姆拉身后，轻轻触碰她的肩膀，大叫一声“乐疲[①]”就快速跑开了，法姆拉没留意她的靠近。

不愿认输，法姆拉追了过去，抓住了她，碰到了她的背，便扭头往回跑，边跑边喊：“乐疲！乐疲！乐疲！”

诺玛里佐犹豫了，因为她手上拎着一瓶煤油，她母亲正在做晚饭，煤气炉没油，火灭了。她犹豫着，在思考也许她应该在母

① “Lepi”：小孩玩的一种游戏。

亲出来找她之前回家。

但是法姆拉挑衅道："你将和黑猫睡觉！你将和黑猫睡觉啦！"[①]这番嘲弄击败了诺玛里佐，谁愿意被一只陌生的猫尾随到家并和自己睡觉呢？还是一只黑猫？

她们两人就这样继续你来我往，直到空中传来诺玛里佐母亲的声音，"诺玛里——佐！诺玛里——佐——！"，当事人才急急忙忙跑回家。

法姆拉也想起了自己的任务，朝店里走去。太阳今日最后的馈赠——落入西山后的黯淡光芒也已消失。

海滩上，救护车已把尸体带走，可恐怖的气氛却迟迟没有散去。恐惧充斥在人们的言辞里，体现在他们的眼神中。恐惧甚至蔓延至头脑、心里以及他们呼吸的空气中。母亲们慌乱地把孩子召集到身边，就像母鸡发现了老鹰。不久之前，他们对待陌生人的态度，不是淡淡的疏离就是邻居般的善意，现在他们的眼里满是冷漠和指责。在得知这令人毛骨悚然的消息后，玩乐的思绪早已逃之夭夭。

凶杀调查部门的人已到达现场，他们四处查看，盘查询问，拍摄照片，提取样本。他们忙碌的身影令人感到心安，但一想到

---

① 原文为科萨语："Uza kulala nekat' emnyama! Uza kulala nekat' emnyama!"

他们为何而来，人们又是惶惶不安。

慢慢地，人们都回到刚才被扔下的伞前，现在，伞已不需要，太阳已下山。警察坚持让人们离开现场，这样他们可以继续工作。另外一些人也急着离开，因为他们想和发生这种事情的地方保持距离。这片海岸对有些人已永远失去了魅力。

在古古勒图，商店附近的交通还是非常繁忙。学生刚从学校放学，工人也刚刚下班，正是晚饭时间。深谙这点的流氓们[1]此时四处徘徊，他们挤在商店门口，随时准备抓走看起来呆头呆脑的“小鸡”，“小鸡”是对那些不谙城市底层生活罪恶的人的称呼。

小小的人影飞快地从这家店跑到那家店。法姆拉知道自己刚才和诺玛里佐玩“乐疲”游戏浪费了些时间，她在找一家客人不多的商店。

黑夜笼罩着范尼凯克一家。他们回到了家，努力寻找一种新的生存方式，他们想知道该怎么面对自己和彼此，怎么带着这种陌生的伤痛继续生活，这种伤痛就这么闯进了他们的生命。时间已是八点多，一个人都没吃晚饭，谁也想不到要吃饭。家庭医生给范尼凯克夫人注射了镇静剂，提摩太在奶奶和外婆到来前由希

① 原文为阿非利卡语“Skollies”。

尔达看着。现在双方祖父母都已在这里，四人坐在客厅，客厅寂静无声，像是空无一人。皮特却不得闲，他要吩咐希尔达做事，还要接各种电话：朋友打电话来确认他们听到的消息，还有媒体和警察的电话。他看起来比任何人都能应对这件事。福斯特夫妇时不时发出一两声啜泣，看着库思·福斯特一啜泣就颤动的魁梧身子，真是令人心如刀绞。

把姜啤紧抱在胸口，法姆拉跑出了十一号店，开始往家走。她刚走出商店大楼，就感觉有只大手遮住了她的脸，一只强壮的胳膊圈住了她，把她往后拉，她的后背碰到了坚硬的膝盖。那只手捂住了她的叫喊，夺取了她的呼吸，她眼前一片漆黑，商店，街灯，还有NY1街上来来往往的汽车都不见了。是父亲？她脑子迅速转动着，但直觉告诉她不是他。

在母亲呼唤孩子回家的叫喊声、情人引诱对方秘密相会的口哨声、汽车喇叭声、广播叫嚷声中，她那可怜的呼喊就像是狂风暴雨中小羊咩咩的叫声。喧嚣吞噬了它，就像黑夜遮蔽了罪行。

她在商店和班图行政办公室二区的通道上被人从背后抓住，小女孩徒劳地扭动着，企图逃跑。她被抱了起来，堵住了嘴，然后被带到店铺后面越来越暗的阴影里。就在古古勒图，NY50大街繁忙的店铺后面，那男人捏住了她的气管，直到碎裂，从此她永不出声。有一会儿，她猛烈甩动胳膊，双手张牙舞爪，双脚乱踢乱踹。然后，突然之间，她安静了下来，脑子里看到了乡下家中火堆旁那肥大变焦的玉米棒。祖先已把她带到了更安全的地方。

“我们必须睡一下，”皮特安静地说，“明天还有很多事要做。我们先休息一下。”

不久，一个或两个，妮娜的家人都去房间休息。福斯特夫妇去了客房，皮特父母去了书房，那里有沙发和沙发床。没人想去妮娜房间，没人，也没人邀请他们去那里。

抓小女孩的男人没有见到她的身体已经变软，他没有看见她生命的消逝。他有自己的打算。他开始呻吟咕哝，口吐白沫，两眼大睁，脸上汗如雨下，衬衫紧贴着后背，后背躬着，热气腾腾。

等做完一切，手里的人看似一只被拔了毛的鹅，鹅毛早已散落四方，他明白它已没有生命。他感到厌恶至极，这种膝盖到胸勾着的姿态特别令他不安，他把它从自己满身是血的身上扔了出去。尸体躺在地上，他明白他做了坏事，如果尸体不加掩盖，它很快就会被发现。所以他把它捡了起来，塞入附近的一个垃圾箱。

夜晚的天空，繁星闪烁，宛如一颗颗大小不一的钻石。有些如此之大，你觉得随手一伸就能摘下一颗。有些又如此遥远，只是一些小点点，在遥远的地方闪耀着、微笑着。古老的星辰可能在宇宙之初就已在那，为什么有的新、有的小呢？也许他们在同一天出世呢。他们就在那里，在那里璀璨苍穹！

营地里，诺伦吉尔时不时走到门边观望，看看有没有女儿熟悉的身影。她知道，那个时候商店里肯定挤满了晚上去买东西的人，人们都赶在商店关门前去购物。所以，尽管她有点担心但没有慌张。

随着时间一分一秒过去，她越来越焦虑。她担心如果父亲出去找女儿，发现女儿在玩的话，女儿会有麻烦。她总感觉听到了女儿的脚步声，它们越来越近，越来越近，可还是没人。门依旧紧闭，把手一动也没动。她心想，法姆拉去得够久了，足以在家到商店这条路上走十个来回。她偷偷地瞟了丈夫几眼。

尽管诺伦吉尔努力让自己看起来不着急，但是她去门边查看得越来越频繁。不久，她就干脆站在那里并开始呼喊孩子的名字。还是等不到人后，母亲就到外面街上去。沿着NY1，在NY3a和NY50之间，母亲大叫着女儿的名字："法姆——拉——拉！喂，法——姆——拉！法——姆——拉！"

诺伦吉尔回到营地，现在她害怕得全身战栗。她以科萨女人的方式对老公说："法姆拉她爸[①]，我找不到这个孩子。"声音轻得都快听不见，她努力不让眼泪掉下来。

① 原文为科萨语"Tata kaPhumla"。

姆夸伊静静地坐在那里思考着妻子说的话。如果这个孩子是在外面闲荡，他就得痛打她一顿，好让她马上改掉坏习惯。诺伦吉尔的丈夫，法姆拉的父亲这样想着，还来不及改变主意，他就像吃了浸了煤油的坏豆子一样全身不安起来。

父亲和母亲两人一起离开营地去找女儿。他们心怀侥幸，觉得女儿可能迷路了，天这么黑，大晚上的，搞错了……

人流比她女儿来店里时少了一些。这对夫妇一家店一家店地询问过去："我们在找一个小女孩。[1]"他们不断重复着焦虑的使命："我们正在寻找一个小女孩。"他们拦住遇见的任何人，男女老少。可在三十一间店铺里都没找到法姆拉，NY50街上的商铺没有，NY3a拐角的店铺也没有。还在店铺周围玩耍的孩子，也没人记得有女孩如法姆拉父母描述的样子。

相信她在他们不在家的这段时间已回家，这对夫妇回到居住地，确定他们能在那见到女儿。但是法姆拉还是没有回来。同一个住区的其他人，或是从床上爬起来，或是停下手中的活，都来帮他们寻找失踪的小孩。他们敲响别家的大门，大声叫喊她的名字："法——姆——拉！"

"她这么高。"他们伸出手臂，手掌朝下比画着，问陌生人，有没有看见过一个穿蓝粉法兰绒裙子的小姑娘。可没人见过法

① 原文为斯瓦希里语"Sifunisa nqentwazanana"。

姆拉。

等到十一点钟，姆夸伊和同住的那群人，还有住在隔壁的人分成几个小组，冒险穿过单身旅馆对面的家庭住宅区去寻找法姆拉。同住的其他女人帮忙照看诺多里并为搜寻队伍提供体力支持，茶、咖啡、面包，任何保障他们继续搜索的物资。

大约到了凌晨四点，大家决定等到第二日上午再继续寻找。父亲将不去上班，碰巧有共事的同事，他说明天他会带话给白人老板说为何他无法上班。之后，他们各回各屋睡觉，争取上班之前眯上几小时。

古古勒图的人一般不会去警局，除非他们发现再不报案，他们将有更大的麻烦。法姆拉父母倒是想过他们必须向警察报告他们女儿失踪了，但是他们一直怀抱希望，觉得他们无须这么做。法姆拉一去不回肯定有原因。也许第二天一早，某个大人就带着法姆拉回来问：“她有危险，我带她回家过了一夜。你们是她的父母吗?”然后一切都恢复如初。

余下的夜晚，诺伦吉尔和她丈夫一直在聊孩子失踪的事情。他们打算第二天一发车就去警局。他们压着嗓子低声交谈，以免吵醒宿舍里的其他人，他们审视了问题的方方面面，尽管损失还没确认，但他们已开始互相安慰。

汽车轰隆作响来接古古勒图的公交司机，听到声响，姆夸伊起了床。他点上瓦斯炉，热上洗脸水，并煮了咖啡。今天，他没等诺伦吉尔起来做这些事。他理解她沉重的心情，昨晚她几乎彻夜无眠。他听到她压抑的哭声，感觉到她潮湿的泪水。

姆夸伊递给妻子一杯咖啡，这时他才发现昨晚睡觉时他们连衣服都没脱。

姆夸伊拿起帽子，不去注视妻子肿胀的眼睛，也不让她看到自己眼睛发红。他说："也许等我回来，这孩子也回家了。我走了。"[①]然后他迈步向公交站走去。

十号肉铺，一位年轻的工作人员正走向店铺后面空阔的院子。他早上一大职责就是把放在两根柱子间的桶里的垃圾焚烧掉，以免野狗在城市里乱窜到处寻找食物，弄得垃圾遍地。年轻人手里提了一盏煤油灯，他来到垃圾桶边，想看看是否需要煤油，如果桶里有纸和其他易燃物质，他就不用煤油。

"天！天啊！"[②]年轻人踉踉跄跄地跑回店里，两眼发直，嘴巴张开，浑身哆嗦。

"哥，过来，看看我在桶里发现了什么。"他对一个男人说话，哽咽的话语吓了这个男的一跳，但又像磁铁一般，把他吸引到桶前。

他是屠夫，身体矮小，秃顶，他的腹部让人忍不住想起水桶

① 原文为科萨语"Mhlawumbi lomntwana uya kuba sel' elaph' ukubuya kwam. Mandiye。"

② 原文为科萨语"Thixo Wam! Thixo Wam!"

或蛋人汉普蒂·邓普蒂。不幸的是，他双腿细长更无法让人消除这种联想。现在，他蹒跚地走出店铺，向桶走去。

“万能的上帝啊!”他倒抽了一口凉气，匆忙后退了几步。“塞尔比!”他对着儿子大叫，他的儿子掌管出纳机和电话。“女子[①]，报警，报警。”他重复着。看儿子一脸的迷惑，他继续道：“后面有一具小孩尸体。”他还来不及说尸体就在垃圾桶里。

他心里想：亲爱的上帝啊，这个世界是怎么啦？他浑身冒汗，膝盖疲软得都无法支撑身体的其他部位。他四肢发软，找了一条椅子坐下，浑身发冷，非常冷。在一个阳光明媚的早上，他冷得像是店铺后冷柜里的动物尸体。发现一具五六岁小女孩尸体的消息，以野火蔓延般的速度传遍了那一片城镇。它甚至穿越了边界，从商店那头传到家里，越过众多无形障碍，抵达其他区域。但是，幸运的是，诺伦吉尔并没听到。

最初，两人跑到发现地点，之后，再有两人，然后，更多人加入。不久，一大群人就聚集在可怕的事发现场。

姆夸伊仍在车站等车，他突然看到了昨晚搜寻队伍中的一人，他问：“到哪里去，特沙威？一大早上的，这么着急干吗去？”

当这个人告诉他，他将去确认一下附近有孩子受害的谣言是否属实的时候，姆夸伊怎么都要陪邻居一起前往，尽管后者劝他

① 原文为科萨语“Kwendini”。

不要去了。像是罪犯被判刑上了刑场一样，两人穿过NY1大街，向店里走去。

警车靠近人群时来了个急刹车。听到砰砰两下关门声，围在桶附近的人顿时安静下来。他们把视线转向没熄火就从车上下来的两个白人。

摩西的权杖都没有神力分开海水。可当警察靠近，人群自然让出一条通道，让他们迅速通过，他们无须说话。

恐惧与希望奇异的结合让姆夸伊变得勇敢。“让我过去一下，劳驾，让我过去，我们的女儿丢了，让我过去。”就像健康人快速让路给麻风病人一样，人群带着期待向后退去。这人可能是垃圾桶中那可怜人的父亲。他可能与传说中的恐怖事件有直接关联。

姆夸伊走到警察身边，他们正往桶里查看，对着对讲机讲话。他孤零零地站着，他的邻居站在后面几步远的地方，以示当事人和朋友的区别。

“后退！到后面去，警察在办案！”一位身穿制服的人大声叫嚷。姆夸伊丝毫没有觉察到自己的舌头被狗吃了。他想说：“先生，请让我往桶里看一眼。这样我就能确定里面的不是我大女儿法姆拉。求你让我瞧上一眼吧。”但是舌头却不让这些话说出来。

人群中一个看不清面目的妇女大声叫喊：“他是孩子父亲！”她确信自己有一张不引人注目的脸，一张警察不问话也敢于作答的脸。她深知自己的位置，她所站立的位置。她知道，即便她自己忘记，那两个人也会毫不犹豫地令她归位。他们是警察，在他们看来，她什么也不是。

但是，她的插话却起了作用。一瞬间，两人忘记了他们自己的身份，变成普通人，一分不多一分不少。

他们看着立在那边的男人，就站在一批乌合之众前面。他们看着他，一言不发，一个字也没说，只凭手势指示，姆夸伊明白他可以往前走，走近他们的位置。

见到如此，他的朋友走上前来，两人一起走向那只不祥的桶。就看一眼，一眼就够了，另一人已经确信无疑。他茫然地转身离开，他明白那变形的身体就是姆夸伊的女儿。慢慢走了几步后，他停住了，似乎突然想起什么，转身走回一直站在那里的那个男子处，他正盯着那邪恶生锈的铁桶口。

范尼凯克一家所在教堂的牧师丹尼尔·洛拉响了门铃，还没经得主人同意他就径直开门走了进去。“大家早上好。[①]”他洪亮的声音在充满哀伤的屋子里泛起了阵阵涟漪。牧师的脚步毫不温柔。他在六点半吃过早餐后就致电皮特。他有很多教民，工作繁忙，也是个快言快语之人。

皮特，牧师，还有爷爷和外公坐在餐桌旁。希尔达摆上了一

---

① 原文为阿非利卡语“Mòre， almal”。

个大的咖啡壶，一大盘斯特麻花[①]，现在，他们把事情再回顾了一遍。两位老人经过昨晚的休息，精神恢复了一些。皮特，两眼通红，满脸憔悴，像是几周没有睡觉，他费力地把字从嘴里一个一个地吐出来。像倒时差的人一般，他茫然无措，心神不宁。不过，没多久，上帝的仆人就站起身向他们告辞。谁都无法使他要告别的这些人开心起来，这也不是他此行的目的，但是他讲的关于如何安葬他们心爱之人的计划，稍微平复了他们的心情。

特沙威把一只手搭在朋友的肩膀上，他不知道该如何开口，只想让对方知道他与他在一起。他决定跟着姆夸伊。

姆夸伊像是从睡梦中醒了过来，他转过身看着朋友，就像看一个陌生人一样。慢慢地，他的头朝这边看看，又往那边看看，像是在人群中找一张熟悉的面孔，一张能让他理清混乱思绪，填补内心空虚的面孔，这种空虚令他不能呼吸。

突然，他眼睛发出理解的光芒。他突然从神游太虚中回神，知道了他身处何处，为何在那里。

姆夸伊像一头受伤的牛一样，号啕大哭。他把手伸到桶里，等警察反应过来，那奇怪的身体已一半在外。

人群中发出尖叫，一个警察立马采取行动，眨眼间，他从姆

① 原文为阿非利卡语“koesisters”。

夸伊手中抢过尸体。有人拿来了毛毯，遮住了放在地上的尸体。年长一些的那个警察坚决又温柔地带走了姆夸伊。警察和姆夸伊，还有跟在后面的特沙威，无力地走向离这不到三码的警车。

“等着，你必须和我们回一趟警局。”特沙威和他的朋友一起坐上警车后座，车门大开，没人想逃。他们心情沉重，心中那把锁把门锁得比世上最重最结实的锁都要严实。他们坐在那里等着。姆夸伊满眼泪水，但是他没有察觉，即便察觉，他也不在意。眼泪顺着脸颊流了下来，姆夸伊看见了孩子的母亲。他的孩子被折成了畸形。他非常清晰地看见了诺伦吉尔，好像她就在他眼前。诺伦吉尔，该怎么告诉她呢?

诺多里的哭声吵醒了昏昏欲睡的诺伦吉尔，她快速地给她做了碗玉米粥。她想，法姆拉的爸爸肯定是到警察局去了。她不想再思考这件事。除去太平间，警察局是她第二个最不愿去的地方。但她也知道她丈夫不会单枪匹马去那里，他定会回来找个人陪他一起去，如果……

想到这儿，诺伦吉尔不愿再想下去。

与此同时，早报《开普时代》已刊登了发生在海滩的儿童谋杀案。故事占了报纸的首版，并配有尸体发现之处的照片。照片中，一个大黑的X字母表示妮娜躺的位置。当然，一些人在前一晚就通过电视和电台知晓了这个事件。七点钟的新闻简报已简要报道了这则案件。十一点是更全面的报道。根据媒体，民众得知孩子父母心情太乱拒绝回答任何问题。这意味着有人的确去拜访过死者父母，死者是一个被虐待狂杀害的儿童，可采访者去找过她父母，并问他们问题。

能向遭受如此恐怖打击的父母问什么问题呢？是“对不起，但你是不是很悲伤”？不，也许是诸如“你上次见到你孩子是什么时候”之类的问题，或是“你们想她吗？”

这些问题有必要问吗？为什么要在这个时候问？他们就不能等等？

商店周边，远离事发中心的地方，新的一天已苏醒。拿着牛奶瓶的孩子步履匆匆地回家，毫无疑问，家里正煮着早上喝的咖啡。周六早上，公交车一如往常拥挤，上面挤满了工人和逛街的人。但是，这一切，姆夸伊都熟视无睹。世界就在他脚下，走向妻子的路崎岖又漫漫，遍地是荆棘。

当姆夸伊进屋时，诺伦吉尔正在给孩子喂饭，他一言不发的神情让她知道她的长女没了，一去不复返了。

搪瓷碗从她手中飞了出去，哐当一声掉在水泥地上，她从木凳上滑了下去，有人抓住了诺多里。她听见空中传来哭丧的声音，来自遥远的地方。与姆夸伊一起进屋的两个妇女赶紧冲过来扶住她，男人们帮忙收拾为数不多的行李，在房里安排守灵。

两个女孩死了，家人悲痛欲绝。

一连几个星期，报纸的头条都是“清剿海角”。报上所指的污秽渣滓是其他一些人，他们身上的特性令他们与众不同，与那些发出愤怒声讨的人不是同类。

之后的一段时间，因通行证问题被逮捕的人数剧增，流浪漂泊被强行遏制了。任何黑人只要在户外逗留超过一小时，就必须接受粗鲁的盘查。开普敦实行宵禁。如果他们知道还有小孩像妮娜这样死去，这个城市将会怎么办？如果他们知道六岁的法姆拉·德扬提像妓女似的被一个成年男子蹂躏、勒死，然后被抛尸在垃圾箱，而且身体蜷缩着，那又会怎么做？

城市管理者如果看到这小小尸体是如何被放进棺材的是不是应该做点什么？由于死后尸体僵硬，孩子蜷缩着的双腿必须被锯断。

时至今日，还是无人知晓肉店后面垃圾桶里发现的死去女孩的名字。他们今天不知道是因为当时他们就不知道。

只有寥寥几个记得这个悲伤故事的人才好奇女孩叫什么名字。因为故事没有见报，大多数人不知她的姓名，他们只记得她的双腿是如何被锯断然后塞进棺材里的。

然而，在古古勒图，在事情过去这么多年后，仍有不少人，至少有十个吧，还记得妮娜·范尼凯克的名字。

他们记住了伤痛，母亲的忧伤，在开普敦被杀害的天真无邪的小女孩。他们记住了恐惧。直到今天，他们仍然好奇，他们怎么就成了最大嫌疑犯。他们感到无比难过，也燃烧着满腔愤怒。

既然通行证已取消[①]

一生中我因通行证问题被逮捕过三回，也许因为只有三回，所以还不曾在警局的拘留室中过夜。第一次是发生在傍晚，下班回家途中。我刚下公交正打算徒步回家，车站距家就五分钟路程。非常幸运，恰巧有人目睹了我被警察抓走，于是他飞快跑去向我孩子通风报信。这个人还把我早上粗心大意遗落在家的通行证送到了警察局，并在那里等了大半天，因为警车当时还在外面巡逻。六小时后，警车回到基地，我也被当场释放。这事给我添了不少麻烦，人被吓得半死不说，还受了难以置信的羞辱，一点没错。

① 通行证法是南非种族隔离制度的重要组成部分，法律规定，非洲黑人如果离开自己家园或指定区域就必须携带通行证。通行证法控制了黑人人口的流动，有助于白人对流动人口的掌控和城市化管理，1986年该法案被废除。该故事中提到通行证被取消的时间是1987年，似和历史有出入。

不过庆幸的是，我并没有整夜被关在牢房里，和惯犯们待在一起。对此，我感激不已。

第二和第三次被捕时，我都缴纳了一笔赎金。对于像我这样一个收入微薄，尚有五个孩子要养的单身母亲而言，那是一笔难以支付的数目。但两次，母亲都东拼西借凑足五十兰特把我给弄了出来。街坊邻居、亲戚朋友都为罚金出了一份力，他们这么做其实也算是给自己买了份保险，因为谁都不知这样的厄运何时会找上门来。

总而言之，我自认为在通行证这件事上是非常幸运的。毕竟经常会听到一些耸人听闻的故事，人们不是受虐待毒打，就是被强奸凌辱，就因为没带通行证。我知道这些可怕的事情确实发生过，鉴于此，我的经历不算什么。

或许我仅仅是庆幸，庆幸这些令人发指的事情将不在自己身上重演；又或许我是如释重负，历史上关于通行证这可悲的一页终被翻过。人们可以忘却惨痛的记忆，摆脱这痛苦万分、不堪回首的历史。我不知道。人性是脆弱的，而我又是凡人。但如今回想起来，我承认，在得知自己并没有因通行证遭受最可怕的折磨时，心中有一种窃喜也可以说是兴奋。现在通行证被取消，它成了历史，我不必再有这种顾虑。我解脱了，不用担心自己会再次陷入这种危险。

这种喜悦之情当然不是我的凭空臆造和突发奇想。1987年，不可思议的事情就这样发生了。通行证法案被废除，我们再也不需要通行证了，它寿终正寝。普天同庆，从没见过非洲人如此一致地欢欣鼓舞，也许只有弗伍尔德博士[①]被刺当日是例外。

整一个四月，大家都飘飘然。不论是电台、报社，还是电视台，所有媒体都在高声叫嚷：通行证取消了！

即便是NGK[②]这阿非利卡国家主义的堡垒，也谨慎地发言表示支持，并赞扬政府“开创了国家历史的新纪元”。

希望空前高涨，黑人扬眉吐气。他们推想，通行证都取消了，黑人的解放[③]还会远吗？全世界的黑人白人都一致这么认为。摆脱了通行证，我们的喜悦如旗帜般飘扬。

这就能解释为何我对母亲心存不满了。当黑人城、棚户区、农村、安置区以及其他非法隔离区的黑人都聚集一堂，如释重负，并异口同声对此歌功颂德之时，谁会去当一个另类继续抱怨发牢骚，给这举国欢庆泼冷水呢？

就像嘴里的痛牙总比其他健康牙齿更引人注目，母亲的脸让人家一看就知道她是个寡妇。一个阳光明媚的清晨，母亲醒来，

---

① 弗伍尔德博士：全名为Hendrik Frensch Verwoerd（1901—1966），曾任南非首相，他是南非种族隔离制度的推广者和实践者。在1958年至1966年执政期间，严格执行种族隔离制度，并推行众多压迫南非黑人权利的法律，1966年遇刺身亡。

② NGK：荷兰归正会，阿非利卡语Nederduitse Gereformeerde Kerk 的首字母缩写，是南非一个基督教新教教会，曾支持南非的种族隔离制度，为政府的种族隔离政策提供道德和哲学理论支撑。

③ 原文为斯瓦西希语“uhuru”，“是自由”的意思。

发现家里的女儿已和一个一无是处的男子私奔。女儿已定亲，人家给了全额的彩礼。与女儿私奔的男子还是有妇之夫，他抛下了已有身孕的妻子、六个孩子和年老体弱牙齿尽脱的老母。养了这么个有损颜面与人私奔女儿的母亲能偿还全部的彩礼吗？她是个寡妇又没有第二个女儿，部分的彩礼钱她已用来准备婚礼。难不成她死去的丈夫会活过来回到矿里继续干活帮忙还清债务？

“白人知道怎么玩弄我们。没错，我们就是他们的玩具。我活得够长了，真的，居然能在今天见着这种事情。

“今天他们说通行证取消了，它去哪里了呢？取消了，它怎么来的？为什么来？为啥只有我们这里有？为什么只发给我们？谁又能保证它不会去而复返？以前我们又何尝知道我们得依赖通行证生活？

“哟嗬，孩子，我的命够长了。今天这一天可把所有其他的日子都吃了。告诉你，今天就是这样的日子。”

母亲就这样把一件本该庆祝的事变成了丧事，她这种非理性思维很令人费解。我心里嘀咕着：“圣人会来收拾她。”

当晚，出于我一时兴起的孝顺，我问她：“母亲，这件事哪里让你不高兴了？”

两天后，等我几乎忘记我们之间的不愉快了，她才一反常态、神情郁郁地问我：“你还记得那次我哥病重，我们以为他快死了的事吗？”

“呃?”我丝毫不知道她想说什么，我的注意力都在新买的索尼电视机上，我可不想为其他事分神。母亲却完全不为所动，只要她想说，不管你同不同意，她都要说。

“还记得那个叫齐纳的男子的故事吗?他回家时，妻子双手抱头痛哭，伤心得像一位母亲刚刚接到一对双胞胎被淹死的噩耗，哭声四面回响。”

如她所愿，她的话勾起了我的兴趣。注意力被打断，我的思绪飘回到大约十年以前。

母亲的兄长突然病重，退休后他居住在离其出生地不远的特兰斯凯境内。

我们三个儿女凑足钱给母亲买了张火车票，让她赶在哥哥死前见上最后一面。

一两个月后，母亲回来了。她哥哥病情好转，警报解除。一天傍晚，在给我们叙述旅行见闻时，她讲了这个故事。

她的脸换上了一种严肃的神情，像是要赶去参加周日下午的葬礼：

“通行证害死人。没错，它害死了很多人。

“我们在乌姆塔塔车站等了好久，列车晚点。有些人就改坐了汽车，但是汽车载不了多少人，而且等到乌姆塔塔，车上基本已坐满。汽车再大再多，载客量都不及一列火车。对，就在我们坐在那里等车的时候，我注意到了一个男子。他很年轻，年纪看起来似新婚不久，或是正忙着找结婚对象。他也不算男孩，只能说他刚成人。

“我不记得是怎么开始的，但没过多久我们就派他去咖啡店买咖啡、糖果、啤酒和饮料。是我率先发现他从垃圾箱里捡啤酒瓶和饮料罐，然后，他就安静地走过来，对我们说：‘妈妈们，请别扔掉你们吃剩的食物，我很饿。’孩子啊，一个男子，向别人讨要别人吃剩丢弃的食物。我的心像被什么蜇了一下，母爱的本能被唤醒。

“我给了他一些面包，一片鸡肉。‘谢谢，妈妈！’他接过食物，坐下来小口小口地吃了起来。告诉你，每咀嚼一次，他就试图让牙齿、舌头、腮腺及口腔记住食物的味道，以便下次不要再用同样的需求来打扰他。

“等他吃完，我让他帮忙去买杯咖啡，顺带让他给自己带点喝的，茶、咖啡、冷饮都行。

“他谢了谢我，却拒绝喝任何东西。他说：‘如果你不介意，我宁愿留着买东西的钱，因为我一无所有，身无分文。’‘当然可以，’我说，‘钱你留着。’当他买完咖啡回来，我给了他两兰特。知道吗？一见我给他钱，他的眼泪就唰唰地流了下来。

“哎呀，恩汤安姆，别和我提通行证。那就是条毒蛇，害死了我们很多族人。”

母亲说这个小伙子给她和候车室的其他人讲了这个故事。他说：“妈妈，生活不易啊，生活真的太难了。”

他说自己叫齐纳，属于马杰拉一族。过去在约翰内斯堡挖过三次矿，最后一次合同终止后，他就回村想在家多待一段时间，娶个媳妇。那是见到我母亲之前的六个月。以下是他自己的讲述：

“我只和诺梦德（意为耐心之母）——我的新妇，一起生活了六个星期。之后，我就离开村庄到这里来找劳务合同。头人和族长只会为自家人谋福利。不过，科萨人有句老话：‘只要有鸡崽，没有母鸡会为别人刨地。’

“有消息称在乌姆塔塔最容易找到活，雇主选择这个地方招工是因为这个镇较大，旅馆、酒吧、旅游胜地一应俱全，可以满足远道而来的男士们的各种需求。就这样，我来了乌姆塔塔。

“我可怜的小媳妇，她专门宰了只鸡，烤了面包，为我准备了干粮。那只鸡色泽金黄，就和店里出售的一模一样，全鸡烹制。

“我问她从谁那里学的手艺。她害羞地回答：‘玛珂瑚璐。’她以前给白人干活。我告诉她等我找到工作赚了钱会主动去找她爸，给他更多的彩礼。说到这时，我俩都笑了，她知道我对她很满意。

“我老婆真是百里挑一。她年轻漂亮，羞涩腼腆，家中里里外外的活做起来都得心应手。我知道自己娶了个好老婆。母亲当时指着她对我说：‘齐纳，这个女人可以讨来当老婆，她能为男子营造一个家。聪明的话，在别人盯上她前赶紧抢回家。’”

一想到娇妻，他面露微笑。候车室里好几个人都被这份炽热的爱给逗乐了，忍不住笑出声来。一个刚才看似还在睡觉的中年男子突然发话，把大家吓了一跳。“嗨，年轻人，”他说话时声音低沉有力，宛如远处翻滚的雷声，“等你孩子会到河边打水了，再来告诉我们你妻子有多好。到那时，我们就会洗耳恭听了，现在听到的都是些被窝里的甜言蜜语。告诉你，爱情这首歌已传唱千年，古老得就像耸立的群山。”听到这话，大家都笑了。不少人认同这种观点，即刚陷入爱河的人往往意乱情迷；但也有人斩钉截铁地辩驳，爱情只要得到恰当的滋养，爱人们将永浴爱河。说这话的大都是女性，虽然人数不多，却激励着这个年轻人继续自己的故事：

“我说她只要一只旧布袋就能做面包，你们相信吗？这是真的，千真万确，呵呵……

“没错，这是我亲眼所见。她拿了一个袋子把铁罐裹在里边，把罐均匀包好后把袋子绑紧，然后点火烧袋。你们信吗？等袋子烧光化成灰烬，面包就做好了。做好的面包又软又湿，你们肯定都没见过。入口即化，像糖一样。她还在柳篮里放了鸡蛋、盐，两瓶也是她亲手酿的姜啤。临行时，我觉得自己出去工作就是为了心爱的妻子。离开那天是周日，六月份的第三个周日。我希望满怀，心想，用不了多久，我就能给她买成堆成堆的礼物。我知道尽管我给的彩礼不少，但她那吝啬的父亲在她出嫁时只送了她一双鞋。不过，没关系，我发誓，只要我有力气，她就什么都不会缺。”

赶着夜晚病重者离世之时，他离开了家，想在天亮之前赶到乌姆塔塔。的确，在周一的清晨他到达了那里。

“到了那里我才发现形势非常严峻，到处是人山人海，老老少少都在等待，等待着被人相中。

“你们知道，五年来，这些地区干旱无雨，田里颗粒无收。总听人说起伊丽莎白港、东伦敦这些城市大雨不断；更往北的地方，甚至房子被淹。从这些地方远道而回的民工，总在讲暴雨令汽车、火车中断，大树被连根拔起，房屋被摧毁掀翻的故事。可在这个靠雨吃饭的地方，我们却一滴雨都见不着。

“当第一批卡车到来时，商店尚未开门，我们就像牛群里的牛，虽来自不同村庄却被赶进了相同的壕沟。老板们，那些布尔人，就坐在卡车司机旁。他们大都不会说我们的语言，所以需要司机帮他们翻译。司机们看起来酒足饭饱，身体健壮。由于常年在外开车，日晒雨淋，他们肤色通红，尽管是冬天，他们依然穿短裤短袖。

“停好车，黑人司机就会从车上下来吆喝，弗纳亨，或杰米斯丁，或开普敦，或德班，告诉我们他们从哪里来，哪里需要工人。

“轰隆隆每次新开进一辆车，人们就蜂拥而上，你推我挤，把车围得水泄不通。大家都想挤到老板边上，因为老板看上谁就会指向谁。老板仅凭肉眼挑人，所以你必须祈祷，祈祷他的目光能落在你身上并看中了你。

“老板从不发问，选人全靠眼力。他们对你卖不卖力，有没有工作经验，不感兴趣。他们只是看。

“不对，妈妈们，他们要身强体壮的人。他们观察你有多高，是肌肉结实还是皮包骨头。他们挑那些过去两周有饭吃的，可不要一直忍饥挨饿的，因为那样影响健康。他们才不会挑那些黔驴技穷的人，不会要的。

“当天，招人的车有十辆。不过我没有那么幸运，没被挑走。要不是看到有人看着卡车疾驰而去的背影抹眼泪，我不会心生焦虑。可那些男子的眼泪令我腿脚发软得如刚学步的婴儿。

“当晚，我开始吃离家后的第一餐。我可不想狼吞虎咽，大快朵颐。要是把干粮快速吃光了，我到时喝西北风去？我身上又没带多少钱，只有四兰特，只有这么多。”

“恩汤安姆，可怜的男子还是吃光了干粮。你知道一只鸡只能放四天，即使在冬天，也放不过一星期。所以，一周后，他的食物就所剩无几了。可是，他还没有离开乌姆塔塔。他告诉我们，个子矮是一大劣势，他个头不高，老板们要的都是些身材高大、体格壮硕、营养充足的人。”

“我们之间相互竞争。”他说。

“日子一天天过去，我们尽力让自己看起来比周围的人更健康强壮。五百号人，每天在那里相互较量。每天大约有一百人被挑走。他们离开时嘴上念念有词，一个劲地感念祖先，感谢他让他们摆脱了被当成人肉贩卖的惨境。据谣传，为了得到雇主的青睐，有人甚至给同行的司机行贿，好让他们在老板面前美言几句。还有人去找巫师和巫医帮忙。当然，人人都向上苍祈祷。幸运的人前脚刚走，四面八方乡下来的人又蜂拥而至，失望流水般延绵不绝。新来的人数远远超过了已离开前往偏远城市和农场打工的人数。遗留下来的被拒绝的人，随着新人的加入，队伍越发壮大。新来者目标明确，养精蓄锐，为下一轮的竞争做准备，翘首以盼幸运的降临。这就是通行证带给我们的后果，他们把我们牲畜般圈禁起来，我们只能在这边而不能去那边吃草。然而在我们的最佳选择之地，里面却什么也没有，一无所有，唯有饥饿。

“多数人大部分时候都是饥肠辘辘的，到达乌姆塔塔两周后，我已吃光干粮，身无分文。两周后，我发现我的肚皮和钱包已空空如废弃的屋子。

“但是一有卡车出现，老板们从车里出来，或是坐在车上透过窗户向外观望，或是走到卡车身后时——懂吗？老板在给自己找个好位置——你们知道会发生什么？在那里每个人都挖空心思展现最有活力的自己。他们伸长脖子，挺起胸膛，犹如公鸡追求母鸡一样，双眼圆瞪，目露精光，都想让老板知道他们有多么聪明伶俐、诚实可靠。他们满脸堆笑，嘴咧得差点盖过双耳。人人都想自己看起来大方友好，而不是无礼冒失。我听闻有人站立时一直踮着脚尖。也有人找两个空的果酱罐垫脚下，在向老板展露笑容时，一个罐子突然滑倒，令他摔了个大跟头，磕掉了一颗牙。

“三个星期后，我变得焦虑不安。情况很严峻，我无粮又无钱。我第一次感到气馁。日复一日，每天，我心中都充满希望。我想总有老板会瞧见我，会知道我的好，是金子总会发光，很快我就会被人挑走，得到一份劳务合同。

“我们当中一些人认识了城里的工人，他们时不时帮助我们。但他们自己都朝不保夕，更别提能帮什么大忙了。连带人参观下工作的地方都是件冒险的事。如果老板发现有人在工人房间洗澡，那个人就倒霉了，倒大霉了。所以大多数人在河边洗澡，有其他需要就到森林里解决。

“我真不知道如何向母亲和妻子开口，我两手空空地回家。当初离家时我信誓旦旦地说一定能找到工作，很快能寄钱回家。而现在这样回去，我真不知道该如何面对她们。我知道，她们天天向去城里购物的人打听有没有她们的信。她们也相信，如果我发了第一笔工资，肯定立马就会把它寄回家。我都离开一个多月了，她们就不能期盼寄钱来？这很合乎常情。她们怎么会想到我居然还在乌姆塔塔？她们怎么会知道居然没有老板看上出色的我？她们想不到，她们以为我去了远方，正在努力工作，过不久她们就会收到我寄的钱。

“回家的路漫长又煎熬，每走一步我都在思忖：如何告诉他们？怎么解释？我没有答案。当我爬到山顶，家乡就在脚下的时候，我仍在问自己这个问题。看着近在咫尺的家，我突然像孩子面对不知名的野兽般心生畏惧。我想知道：她们会对我说啥？怎么招待我？”

他抖抖肩膀，拾起脚下的包裹，向山下走去。下山时，脚步沉重缓慢，每走一步都要思考一下自己在干什么。现在家就在眼前，喊一声便能听见。他像晚上的窃贼或巫师一样悄无声息、蹑手蹑脚地靠近房子。他来到泥屋后面，里面的说话声清晰可辨。只是他心跳加速，胸腔怦怦作响，盖过了其他的声响。他再一次站住，犹豫着是去左边自己和媳妇一起住的小屋，还是去右边和大家见面。

门咯吱开了。“走开！出去！”[①]传来了乌西的声音。他弟弟正赶一条狗出门。汪汪汪，狗突然停止了吠叫，无疑它已闻到了他的气味。狗狂吠起来，局面已不由他控制。他轻轻地吹了几声口哨，啪啪啪，打了几下响指，狗立刻竖起耳朵，狂吠声变成了一种令人迷惑不解的哀号，再后来换成了一阵阵喜悦的咕哝。它拼命地摇着尾巴。

---

① 原文为科萨语：“Voetsek！ Phandle！”

“弗伍尔德？”乌西叫喊着再次打开门。他四下一望，看见了他的哥哥。

“大哥！大哥回来了。”乌西从他手里接过食物篮，并先他一步进屋。弗伍尔德夹在两人之间，摇着尾巴，红色的舌头，在发亮闪光的嘴里，伸进又吐出。

“我和母亲、诺梦德握了握手。她们没有正眼瞧我。诺梦德想不看我很容易，作为新妇，她黑色的头巾遮住了她的双眼。”

诺梦德两眼朝下，不想丈夫知道自己的恐惧、失望和羞愧。她很庆幸新妇的头饰遮住了双眸。看见他走进来的那一刻，她的心脏几乎停止了跳动。没有那么短的劳务合同。他的出现只能说明一件事：他病了，老板解雇了他。他干了多久？一个月或许还不到？她呼吸急促，几乎喘不上气。空气变得沉重，像是凝滞了。每一次呼吸，都是那么费劲困难，充满痛苦。他们该怎么办？

“自父亲离开我们，我从未见母亲掉过眼泪。那时乌西还是个婴儿，现在他已上五年级。今天她却哭了。天啊，她试图掩饰：‘眼睛被烟呛了，柴火没干透，湿柴总是不好烧，搞得屋里乌烟瘴气的。’我明白离家七周却空手而回的我差点要了她的老命。看见儿媳妇暗自流泪，她更是痛心疾首。母亲不傻，她知道诺梦德心里在流泪。她眼睛亮得很。”

夜里晚些时候，在他们的小屋，诺梦德问道：“你觉得我们该怎么迎接你？”包裹着绝望的言辞冷静地从她嘴里吐出来，两人都有些吃惊。结婚不到三个月，新婚妻子竟然用这样的方式欢迎丈夫，这还真是罕见。话说得也是不同寻常，尖酸刻薄得赤裸裸。

更奇怪的是丈夫竟无言以对。虽然在过去的十二小时，他已演练了多次，可真与她面对面时，却又不知如何回答，他无法解释自己为何回来。

“这周没过完，我就确信回家是一大错误。我们靠别人的施舍过活，我妻子俨然就是一头刚生完猪崽饥肠辘辘的母猪。她的足迹已遍布我们小屋和邻居的房子。每日早晚，她必须去这家讨牛奶，去那家要白糖。她还能从那个借给她豆子的女人手中再要到面粉吗？酵母呢？即使要到了面粉，可又问谁去讨酵母呢？刚见到后面的邻居从店里扛了半袋玉米面回家，确信他们真能给我们一小盆？谣传玛珂索罗的丈夫已从金伯利的矿区寄钱回家。诺梦德天没亮就到她家去了。全村人都吃不饱饭，她必须赶在前头，毕竟别人也听说了这件事。

“对，我知道，我不能再这样生活。如果我留下，我就是一个死人。不，更糟，是一个活死人。死人不需要食物，而我需要。母亲和诺梦德吃时我也吃。我甚至去吃野菜，这种连小孩都不吃的东西我却吃了。我知道，是时候离开了。”

两天后，这个年轻人回到了乌姆塔塔。他回家待了十天不到。母亲说她是在乌姆塔塔南非铁路的小候车厅里遇见他的，那时他已回来三个多月。第二次离家，什么干粮也没准备，离别时泪眼婆娑，不是出于离别的忧愁或是被爱人抛弃的痛苦，而纯粹是因为恐惧。

他有时会来看看雇佣者的卡车，来看看将他拒之门外的人肉市场。现在，他已完全置身事外，成了一名旁观者。他靠拾捡别人丢弃的啤酒瓶、饮料盒换取收入，然后再把它寄给母亲和妻子。他每月见她们一次。她们对他做什么工作一无所知。这已是他力所能及的了，他毫无保留地给了她们。他自己呢？这样说吧，候车室里有些人善良仁慈，如果他为他们跑个腿买点东西，或是帮忙拎个行李，做点诸如此类的事情，他们就会付他一些劳务费。另外一些人会递给他一些吃的，一丁点的食物，他就能吃上半天。干这些活赚的钱，他得一分不剩地寄回家。他母亲还有乌西要养，得供他上学。对了，他的妻子也告诉他复活节家里有可能会添丁。如果是女孩，就叫诺帕西卡。他喜欢这个名字，诺帕西卡，意思就是她在逾越节降临。

就这样，母亲把我的注意力引向了诺梦德丈夫齐纳的故事。这些故事讲述了通行证给非洲人民带来的苦难、伤害和屈辱。

我很好奇：齐纳是否得到了他盼望已久的合同？他现在又在哪里？他们能经受住各种生存的折磨，从贫穷低贱中存活下来吗？他们是否熬到了今天，通行证取消的日子？如果真能如此，他们身上又会留下些什么样的伤痕？蓄意的剥削，分配不公造就的匮乏，或是通行证导致的贫穷是否将会延续？

我一开始和母亲大吵大闹，是因为通行证取消了，她竟然毫无喜悦。现在我非常认同她的观点，起码她头脑冷静，心存疑虑。而当初觉得她不可理喻的我现在却是满腔懊恼，因为自己尚未摆脱通行证的戕害。没有人逃脱得了，通行证早已烙在心里。

我怎么还会斥责她？我的母亲如此睿智。如今我明白，看着我们庆祝自己的苦难，她心里有多悲伤，多痛苦。现在，我懂得她想告诉我的是：有形的通行证虽然取消了，但无形的通行证却永不消亡。

然而，千千万万的齐纳，千千万万受制于通行证的孩子、男人与女人都没有幸存下来吗？他们活下来，讲述着不同寻常的故事，难道这不是一种胜利？既然通行证已取消，毫无疑问，自由之根定会扎得更深，自由之树也会在烈焰般的花丛中迸裂出最甜美的果实。既然通行证已取消……毫无疑问，原本饥瘦干瘪的自由之根将会膨胀，伸展，跳动，枝繁叶茂。毫无疑问，就是现在，既然通行证已取消。

译后记

翻译此书纯属巧合。尽管学院启动非洲百部经典人文译丛项目已有一段时间，也鼓励教职人员积极参与此项目，但与我真正扯上关系还是在一年多前。2015年我刚好怀上二宝，感觉自己无心也无力参与翻译工作，所以当时遗憾地选择了放弃。一年以后，由于版权沟通及其他一些原因，有些老师退出了项目，而这正好让我有机会捡漏，我就在剩下为数不多的书单中挑选了马戈那的作品。

坦白地说，在拿到书单之前，我对这个作家一无所知。我没有阅读过她的任何作品，甚至根本没听说过她的名字。当时我对南非作家的了解只局限于戈迪默和库切。本着对自己和原作者负责的心态，在选择之前我特意上亚马逊网站预览了书的目录并阅读了样张，看完之后觉得该书的语言和故事都比较符合自己的趣味，内容和形式自己应该能够驾驭，所以就决定译这本书。之后我又上网搜索了马戈那的个人信息，发现她是一个多才多艺的南非黑人女作家。她的作品不仅数量众多而且种类丰富，有自传、儿童故事、短篇小说、长篇小说、诗歌，还有戏剧，同时她还热心参与南非科萨族的语言与文化推广。我在网上还搜到了她自己朗读并创作的诗歌*For Maria*，她那浑厚苍老而又饱含激情的声音更加坚定了我的选择。随着对作者的深入了解，我知道了她从女佣到作家的蜕变，尽管她出生贫穷，命途坎坷，但通过教育和自我努力，她到美国哥伦比亚大学读研，并成了一位具有一定国际影响力的作家。现在她几乎是南非黑人女性心目中的楷模，她的个人传奇经历和励志演说鼓舞了众多的黑人女性。《活着，恋爱，夜不能寐》这部作品就是立足于她自己和其他黑人女佣的经历，揭露了种族隔离时期黑人女性的悲惨命运，以及她们所受的剥削和压迫。

本书是一部短篇小说集，是马戈那早期的作品。作为现实主义小说，它的政治内涵超过了它的艺术性。就叙事方面而言，作者技巧还稍欠成熟，语言也不够精炼，但作为黑人作家，马戈那的叙述自有其特点。她采用独特的讲故事方式，让各种人物形象和对话场景跃然纸上。这在小说第一部分表现得尤为突出，叙事者的叙述和其他人物的独白原汁原味地再现了南非黑人的日常生活，体现了非洲文学的口述性。这恰恰是本书的一大特色。尽管本书采用的是现实主义的写作方式，结构和语言不似欧美现代主义作品那么晦涩深奥，但在翻译过程中，小说的口语性，多种语言杂糅的状况（小说中就出现了科萨语、祖鲁语、阿非利卡语和斯瓦希里语），还有小说间接的政治和历史指涉，都给本书的翻译带来了一定的困难。文学翻译，按照飞白老师的说法，就是风格译，要译出原著的风格。翻译中我努力让自己的译文接近原文，但发现要实现这个目标实非易事。举一个简单的例子，原文有很多短句或断句，那是作者为了情感处理有意而为，我可以理解作者故意借此放缓叙事节奏，让悲哀情绪蔓延。可翻译成中文时，出于中文表达习惯、连贯性和可读性等各方面的考虑，语序或句子结构就会被适当调整，因而也就部分地失去了原文想表达的效果。

该书的翻译历经一年半终于完成，其间联系版权的杂事占了三分之一，中间的复杂曲折不是三言两语能够说清的，不过感谢美国Interlink Books出版公司的Michel Moushabeck的诚实不欺，感谢本书版权所有者新非洲图书公司的Dusanka Stojakovic和浙江工商大学出版社的田慧编辑，尤其要感谢南非笔会的秘书Deborah Horn-Botha。当我运用各种途径寻找版权所有者未果的时候，我在南非笔会网站上发现了一篇马戈那的专访，抱着试试看的心态，我往该网站的联系邮箱发了一份求助邮件。Deborah很快就给我回复，并把我的邮件转给了马戈那本人。如此一番迂回曲折，我终于联络上了该书的版权方。因此在本书即将出版之际谨向给我提供过无私帮助的以上各位表示我诚挚的感谢。本人喜欢外国文学，可真正动手翻译却毫无经验，译文中的错误和纰漏在所难免，还恳请方家指正。

译 者 楼育萍

2017年12月

浙江师范大学外国语学院

“非洲人文经典译丛”

百年来，非洲的文化思想飞速革新，知识分子既尽力重现往日历史传统的光辉，又在全球化的碰撞下迸发出新的思想火花，在文化领域留下了不可磨灭的思想印记。非洲大陆为世界贡献了许多杰出的文学家、思想家、政治家等。在中非合作越来越紧密的今天，人文领域的相互理解也变得越来越迫切，需要双方学者进行全方位、深层次、多角度的系统研究。

浙江师范大学外国语学院拥有国内高校首个非洲文学研究中心。中心旨在搭建学术平台，深入战略合作，积极服务于中非文化的繁荣与传播，为推进中非学术和文化交流做出新贡献。

国内首套大型“非洲人文经典译丛”以“20世纪非洲百部经典”名单为基础，分批次组织非洲文学作品及非洲学者在政治学、社会学、哲学、人类学等领域的重要专著的汉译工作，在此过程中形成一个高效实干的学术团队，培养非洲人文社科领域的译介与研究人才，构建具有中国特色的非洲文学研究学术话语体系。

浙江师范大学非洲研究院

“非洲研究文库”

非洲大陆地域辽阔，国家众多，文化独特。近年来，中国与非洲国家的交往合作迅速扩大，中非关系的战略地位日益重要。目前，中非关系已超出双边关系的范畴而对世界产生多方面的影响，成为撬动中国与外部世界关系的一个支点。

浙江师范大学非洲研究院是国内高校首家成立的综合性非洲研究院，创建的目标在于建构一个开放的学术平台，聚集海内外学者及有志于非洲研究的后起之秀，开展长期而系统的研究工作，以学术服务于国家与社会。

“非洲研究文库”是浙江师范大学非洲研究院长期开展的一项基础性、公益性工作，秉承非洲研究院“非洲情怀，中国特色，全球视野”之治学理念，并遵循“学科建设与社会需求并重，学术追求与现实应用兼顾”之编纂原则，由国内外知名学者、相关人士组成编纂委员会，遴选非洲研究领域的重大重点课题，以国别和专题之形式，集为若干系列丛书逐步编撰出版，形成既有学科覆盖面与知识系统性，同时又重点突出各具特色的非洲研究基础成果，为中国非洲研究事业之进步，做添砖加瓦、铺路架桥之工作。